The Snowdome in Deep Sea　Io Yasuda

深海のスノードーム

安田依央

新社

目次

深海のスノードーム

第一話　暗い日曜日

生理痛の一番ひどい三日間、フローリングの床に転がって眠る。

大切な何かをお腹《なか》に抱え、庇《かば》っているみたいだと思う。でも、そこは痛みの出所だ。内臓《ないぞう》の奥から痛みが湧き出し毒のように全身を回る。腰も背中も頭も、腕や指までもが痛かった。

フローリングが熱を持ち始めている。自分の体温が移ったもののはずなのに不快《ふかい》だ。汚染《おせん》されていない場所を探して這《は》い回り、辿《たど》り着いた先で寒さに身震《みぶる》いする。眠れない。床が硬いからだ。それでもベッドで寝るよりマシだった。

あれは人間の眠る場所。

恋人《こいびと》の祐貴《ゆうき》は家具だけでなく寝具にもこだわりがある。シンプルでスマート、まるで彼自身を写し取ったようなシーツや布団はびっくりするぐらい高価だった。

驚く沙保《さほ》に「寝心地いいのは大事だよ。睡眠《すいみん》の質が仕事の出来を左右するんだから。こんなの高くない高くない」なんておどけて見せたが、セミダブルのベッドは元々彼が一人で寝ていたものだ。住まわせてもらうだけでなく、ベッドに招き入れられ高価な寝具に包まれる。寝心地がいいどころか、沙保はいつまで経《た》っても慣れることができずにいた。

今日は生理二日目、一番量の多い日だ。恐ろしくてベッドで寝ることなどできない。

終わりかけの五日目ですら、眠っている間に経血《けいけつ》が漏《も》れて寝具を汚してしまうことがあった。朝になって、お尻や太股《ふともも》辺りのあり得ない場所が冷たく濡《ぬ》れているのに気づいた時の気分をどう表現したらいいのだろう。きちんと大きめの夜用ナプキンを当てているのにこれだ。本当に情けない。

少女の頃みたいに血の気が引いたりはしなくなった。ただただ深い溜息《ためいき》が出る。

これって何度目？　これからあと何回やるの？　一体どれだけ繰《く》り返《かえ》せば終わりがくるというのだろう。

もう終わりにしたいと毎月考える。

キャリーバッグの底を漁《あさ》った。

衣類の下に茶封筒《ちゃぶうとう》に入れた薄い荷物を隠している。ＥＰ盤《ばん》のアナログレコードが一枚。今の沙保には何より大切なものだ。

このレコードを聴いたのは一度だけだ。祐貴はＥＰ盤を持っていないので、彼の留守に自分がこれを聴いたと悟《さと》られないよう注意を払わなければいけない。面倒だし、何故《なぜ》か後ろめたかった。

でも、今日はどうしてもこの曲を聴きたい。

リビングのプレーヤーにレコードを置き、そっと針を載せると、恐ろしく陰鬱《いんうつ》な旋律《せんりつ》のコーラスが始まった。

『暗い日曜日』。一九三〇年代に多数の自殺者を出し、放送禁止になったといういわくつきの曲だ。沙保が手に入れたのはダミアというシャンソン歌手のもので、フランス語の歌詞と哀《あい》愁《しゅう》を帯《お》びたメロディにアナログレコードのノイズが混じる。

三分と少しの曲が終わっても、部屋の中には気怠《けだる》い余韻《よいん》が煙《けむ》っているようで、ソファの前に蹲《うずくま》ったまま立ち上がれなかった。

このレコードに出会ったのは半年前。

偶然だった。

去年の十二月の日曜日。商店街にはクリスマスソングが流れ、喫茶店《きっさてん》からはランチのハンバーグの匂《にお》いがしていた。観光客も多い人気の商店街で、デート中のカップル、家族連れ、外国人観光客でごった返している。ざわめきの中、ベルを鳴らしながら自転車が後ろを通り過ぎていく。きっと、誰《だれ》にとっても幸せな休日なのだろうと思った。

「あれっ、レコード屋ができてるよ」

祐貴の発見に、脇道に入る。民家を改装《かいそう》した一階に小さなバーや古着屋などが並んでいる路地だ。

「ちょっと見ていい？」

そういう彼の言葉は許可を求めているのか提案なのか、どちらにしても沙保は断ったことがない。ついて行くのは分かっているだろうに、必ず彼は断りを入れてくる。

結論を言うと、この店は祐貴のお気に召《め》さなかった。七〇年から八〇年代の洋楽や歌謡曲、ポップス系の品揃《しなぞろ》えは豊富だが、祐貴の好きなジャズがほとんど置かれていなかったからだ。

祐貴は音質にもこだわりがあり、リビングには高価なオーディオセットが揃っている。デジタル音源は好みに合わないようで、アナログレコードを収集しているのだ。

帰宅後SNSを調べていた祐貴が「やっぱりね」と言った。

何がやっぱりなのかと思ったら、あの店の店主は女性だったらしい。

「あそこの品揃えは何だか浅い感じがしたからね」

要はこだわりが感じられないというのだ。

そうだろうか？　内心、軽い反発を覚えた。

店にいたのは四十ぐらいの女性で、恐ろしく愛想がなかった。店番の人かと思ったが、どうやら彼女が店主らしい。

ジャンル別、アーティスト別に分類された陳列棚《ちんれつだな》の上部にお勧《すす》めらしいレコードのジャケットがディスプレイされていた。

ポップスや歌謡曲、昔の歌手の写真や楽しげなイラストのジャケットが並ぶ中、一枚だけぽつんと雰囲気《ふんいき》の違うものが置かれていた。『暗い日曜日』というタイトルに女性の顔が描かれている。

聞き覚えのあるタイトルに、あっと思った。

大量の自殺者を出したという噂《うわさ》は知っていたが、曲を聴いたことはない。

妙に心を惹《ひ》かれた沙保は翌日、一人で店を訪ね、このレコードを買った。

店主は相変わらず愛想がなかったが、もともと沙保は人と親しく話すのが苦手だ。彼女の愛想のなさはむしろ有り難かった。

「中はちゃんと検品してますから」と袋に入れながらぼそぼそ言う彼女に会釈《えしゃく》して出てきた。

祐貴の留守にこっそり封を開けてターンテーブルに載せてみる。もの悲しい曲なのは確かだが、そのまま首を吊《つ》りたくなるというのは都市伝説だったようで、沙保はまだ生きている。

歌詞カードに日本語訳が載っているので読んでみると、失恋した女性が自殺する話らしかった。

失恋して自殺か、と沙保は床に座り込んだ姿勢《しせい》のまま考えている。

そんなことで？　とまず思う。続いて頭に浮かんだのは、もったいないな、だった。

その人は少なくとも、人を好きになれるのだ。一人分の恋が終わっても、次の恋があるのに、何故死ななければならないのだろう。

『馬鹿ね、恋ってそんな簡単《かんたん》なもんじゃないよ』と頭の中で別の自分が言った。

『その人を失ったら人生終わるってぐらい好きになるのが本物の恋ってモンでしょ』

そんなものなのかと考えてみるが、よく分からなかった。

自分は歪《いびつ》だ。

考えると、口の中で鉄錆《てつさび》の匂いがした。無意識にどこか嚙《か》んでしまったのだろう。

二十三歳になった今でも沙保は恋愛が分からない。恋しいとか愛しているとか言う人の気持ちが理解できないのだ。

女子なのに、普通に可愛いのに、なんで恋愛の話に乗ってこないの？　なんで男の子に興味がないの？　結婚に夢見ない？　マジで？　どっかおかしいんじゃないの――。

次第に人の輪が遠ざかっていき、キモい、暗い、変人、あり得ない。尖《とが》った言葉がクスクス笑いに変わる。小学校、中学校、高校、職場。気が付くといつも沙保は一人だった。

自分は普通ではないのだ。何かが他の子と決定的に違っている。

たとえば外見がボーイッシュだとか、とてつもなく個性的だとか、最初から何かを主張できれば話は違うのかも知れない。

けれど、沙保の服はふわふわしたパステルカラーの可愛らしいものばかりだ。

子供の頃からそうだった。沙保は自分の頭をピンク色の大きなリボンが飾っていることを理解できなかったし、鬱陶しくて仕方なかった。「可愛い」に興味はなかったし、外で走り回るのに邪魔でしかない。

それでも、それを外すことはできない。よその人から、「まあ可愛い」と言われる度に母が喜び満足するのが分かるからだ。今でも沙保は母の好む、ふわふわしたピンク色の服を着ている。

プレーヤーを元通りにしてレコードをしまおうとした沙保は、あれ？ と思った。

内袋の中で何かが引っかかり、レコードが入らないのだ。小さなメモが一枚貼《は》り付けてあるのに気づいて、覗《のぞ》き込《こ》んでみる。四隅を貼り付けたセロハンテープが茶色く変色しているし、ブルーのインク文字は褪色《たいしょく》してしまっている。それでも、とても几帳面《きちょうめん》な文字だと分かる。

もしあなたが死のうと思うなら
待合室《まちあいしつ》へ行くといい

やさしい死に方教えてくれるから

その下に大阪《おおさか》の住所が書かれている。

「待合室？」

書いてある住所を検索してみると、本当に『待合室』という名前がヒットした。何かの待合ということではなく、コーヒーやプリンアラモードの写真と口コミが載っていて、居心地の良いレトロな喫茶店とある。いくつか読んでみたが、普通に評判のいい店のようだった。

レトロな喫茶店で死に方を教えてくれるってこと？　声に出して首を傾《かし》げる。

何だか気持ち悪い気がして、それきり沙保はレコードを封印していた。

今、沙保は改めてメモを眺《なが》めている。

この文字は誰が書いたのだろう？

中古レコード屋の愛想のない女性だろうか、それとも以前の持ち主の誰かなのか。一体何の目的があってこんなことを書いたのだろう。自殺志願者がこのレコードを買うことを想定して、メッセージを残したのか。

レコード屋の店主は検品したと言っていたのに、気づかなかったのも不思議だ。

気にはなるが、わざわざあの店を訪ねて愛想のない店主に確認する気にもならなかった。

このレコードを手に入れた日から半年、沙保を取り巻く状況は変わり始めている。

祐貴は沙保より七つ上で八月に三十歳になる。それを機に沙保との関係を前に進めるつもりだそうで、リビングに置いたタブレットには指輪の画像が並んでいた。

嬉《うれ》しいという言葉を口にしながら、焦《あせ》る気持ちを止められない。

祐貴は歪《ゆが》んだところがない。健全で真《ま》っ直《す》ぐな精神の持ち主だった。

「普通」の人なのだ。

生理の痛みが一番ひどい三日間、沙保はマンションに一人でいる。同棲《どうせい》を始める時、取り決めたことだ。

その間、祐貴は実家から仕事に通っている。

いくら実家の方が職場に近く、実家との関係が良好でも、滅茶苦茶《めちゃくちゃ》な話だと分かっている。

ここは祐貴のマンションだ。沙保が入れているお金なんてわずかなもので、きっと食費にもならないだろう。

『ろくな稼ぎもない女の分際で旦那様《だんなさま》を追い出すなんて何様のつもりなの?』

母の声が聞こえた気がした。

けれど、他に身を寄せる場所がないのだ。実家に居場所はないし、頼れる友人もいない。

『女はね、生理の痛みなんて表に出しちゃいけないの。どんなに痛くても、旦那様の前では綺《き》麗《れい》にお化粧《けしょう》をして笑ってないとダメ。痛みはね、鍵《かぎ》のかかった部屋で一人耐《た》えるものなのよ』

母の言葉が呪《のろ》いのように響《ひび》いてくる。

あまりの痛みに呻《うめ》きが漏れた。痛みの源《みなもと》を宥《なだ》めるように手を当てる。

そんな話をできる友達がいないのでよく分からないが、人と比べても沙保の生理は重い方だと思う。生理が始まる一週間ぐらい前から下腹部が痛み出す。頭痛がひどい時もあれば、めまいや吐《は》き気《け》で立っていられなくなることもあった。実際に生理が始まればそれらの不調は薄れていくが、下腹の痛みはひどくなる一方だ。内臓を絞《しぼ》りあげられるような痛みが続き、顔面は真っ青になり冷や汗が流れてくる。通学や通勤途上に電車の中で倒れ、救急車で運ばれたこともあった。薬は飲まない。それは身体《からだ》に毒だと教えられてきたからだ。

これが宿命だというのなら、逃れるためにできることは一つしかない。

胸の中でどろりとした何かが蠢《うごめ》いた。

家を明け渡す三日間、祐貴は日に何度かメッセージを送ってくる。昼休みと夕方、寝る前。体調を気づかい、ちゃんとごはんを食べているか、寂しくなってないかと、優しい言葉が並ぶのだ。

有り難く思いながら、煩わしい。

夕方、祐貴から声が聞きたいから後で電話するよと来たので、痛みで声が出ないからごめんなさいと返した。

嘘《うそ》ではないが、本当は口を開いて声を出すのが億劫《おっくう》だった。

心配だけどしょうがないね、心だけ傍《そば》にいるよとか何とか書かれた長文のメッセージが来たが、嬉しそうにしながら泣いているうさぎのイラストスタンプだけ返した。

スマホの電源そのものを切ったこともあったが、彼が様子を見に帰って来てしまったので悪手と知った。

自分はひどい人間だと思う。向けられる人の好意が鬱陶しくて、平気で踏《ふ》みにじるのだ。

祐貴は沙保を猫《ねこ》みたいだと言う。

猫好きの彼は沙保の気まぐれをひどく面白がっていた。きっとこの三日間もその延長だと思っているのだろう。

実際には気まぐれでも不安定でもない。本心だ。表面を取り繕《つくろ》っているだけで、沙保は祐貴に心配されることも、甘《あま》ったるい言葉をかけられることも嫌だった。

祐貴の前では自分を偽り生きている。何もかも壊したくなる衝動に耐えてやり過ごすのだ。それは不思議と生理の痛みを我慢《がまん》するのに似ていた。

一月《ひとつき》に三日間だけ、自分でいられる。

けれど、沙保を取り巻く時間は確実に進んでいる。

指輪を貰《もら》ったらもう逃げられないだろう。

人間の体内に侵入した異物を白血球が取り囲み、やがて飲み込み、自らの内に取り込んでしまう映像を見たことがある。

世の中の「普通」は沙保の結婚を祝福するだろう。じわじわと囲む「普通」に異物である自分は飲み込まれ、消えるのだ。

それがこの世界の浄化《じょうか》作用だ。

普通の人間の顔をして祐貴を騙《だま》し、歪さを隠してこの先の人生を死んだように生きるのか？

何度も迷いながら、結論を先送りしてここまで来てしまった。

もう時間がない。

早い速度で列車が進んでいく。逃げられないなら飛び降りるしかなかった。

祐貴がいないこの三日間が最後のチャンスだ。来月ではもう遅《おそ》い。

痛みを堪《こら》えながら荷物の整理を始めた。

ここに来る前はシェアハウスで暮らしていたから荷物は少ない。キャリーバッグ一つ分の手回り品と洋服や靴《くつ》などの入った段ボールが一箱だけだ。

来た時と同じように荷造りして、段ボールの方は不要になった衣類を集めている団体に寄付することにした。

翌日の朝早く、手紙を残し、マンションの部屋のドアを閉めた。鍵をかけ、少し迷って新聞受けの中に滑り込ませる。

ここを離れることを寂しいとは思わなかった。ただせき立てられるように急ぐ。何かの都合で祐貴が戻ってきて鉢合《はちあ》わせでもしたら大変だ。

犯罪者でもないのに、祐貴は何も悪くないのに、そんな風に思うことに申し訳なさを感じながら、沙保は世界から逃げ出した。

◆

阪神《はんしん》電車の駅を降り、幹線通り沿いの歩道を西へ歩く。驚くほど風が強かった。貨物を積んだトレーラーや物流のトラックが轟音《ごうおん》を上げて走り抜けていく。

道路沿いには高層マンションや三階建ての住居が立ち並んでいた。コンビニやスーパー、企業の社屋なども あり賑《にぎ》やかだ。

六月の終わり、見上げる空は梅雨《つゆ》の色だ。重い鉛色の雲が低く垂《た》れ込めている後ろで、少しだけ薄い水色の空が覗く。蒸し暑いのは確かだが、時折驚くほど涼しい風が吹き抜けていく。曇《くも》り空と晴れ間の混じった世界は白く、そこかしこに咲くあじさいの、淡い水彩画《すいさいが》のようなブルーと油絵の具を塗り重ねたような深みのある紫《むらさき》が、くっきりと浮かび上がって見えた。

歩道は広く、自転車の人が通り過ぎていく。

ごろごろと音を立て、キャリーバッグを引っ張りながら沙保は周囲を見回した。

大阪に来るのは初めてではないし、ここは沙保も訪れたことのあるテーマパークと同じ行政区のはずだが、あのパークの辺りとはずいぶん雰囲気が違った。人工的なパークの周囲とは違って、生活感があるせいだろう。地に足を着けた人々が生活しているのだ。

でも、と思う。ここにいるのは沙保の知らない人ばかりだ。この街の人は誰一人、沙保を知らない。当たり前なのに、とても寂しいことのように思われた。

幹線道路から逸《そ》れて、一本中の道に足を踏み入れてみると、車の音が消え、ずいぶん静かだ。昔ながらの住宅やお寺などがひしめき合うように並ぶ景色は奥行きが狭《せま》く、ジオラマのように見えた。

奥行きが狭いのは川の堤防《ていぼう》に突き当たるせいだ。この街は淀川《よどがわ》の堤防に沿って横長の形で東西に拡《ひろ》がっている。

幹線道路に戻り、西に向かって歩いて行くと、交差点の北側が短い坂になっている場所に出た。

　目的地の住所を調べ、地図アプリを見た時には驚いた。坂を登ったところに小さな漁港《ぎょこう》があるのだ。確かに海は近いが、それなりに距離もある場所だ。まさかこんな街中に漁港があるとは思わなかった。

　もっとも実際に目にした漁港は沙保が想像していたものとは違った。魚の匂いがするわけでもないし、セリや水揚《みずあ》げが行われている様子もない。フェンスの向こうに大きなプールのような船だまりがあって、漁船やプレジャーボートが係留されているだけだ。

　西側に小さな造船所がある。

　錆《さ》びた横長の巨大クレーンが空を横切っているのを見上げた。

　もう動くことはないのだろう。なのに沙保には機械が上げる悲鳴にも似た軋《きし》みが聞こえてくる気がした。

　たゆたう水が船にぶつかり、ちゃぷちゃぷと音を立てている。海の生き物が描かれたカラフルな手描きイラストの壁を見ながら進むと、漁協と書かれた平屋建ての建物が並んでいる。どことなく昭和《しょうわ》レトロの趣《おもむき》だ。

　堤防沿いの家々はほとんどが三階建てか四階建てで、少し向こうにはタワーマンションが建っている。都会的な街並みの中、ここだけすっぽりと時の流れから抜け落ちているような気がした。

　漁港の建物を迂回《うかい》するようにして進むと、こんもりと木々が生い茂る空間が見えてくる。遠目には神社かお寺のようにも思えるが、風に揺れる葉陰に見え隠れしているのは洋館の窓。ウェブで見た写真と同じ特徴のあるものだ。

「あ、本当にあるんだ」

ほっとすると、肩の力が抜けた。

レコードに入っていた紙切れを信じてここまで来たのはいいが、新幹線が西に進むにつれて、待合室という喫茶店がどういう場所なのか心配になってきた。

自殺志願者が集まる喫茶店？　みんなで私はこんなに辛《つら》いんです。あなたはどうですかなどと言い合うのだろうか？　そんなことを考えると憂鬱で足が前へ進まなくなる。

おまけにあれはかなり古い情報だ。

ウェブの情報に電話番号が掲載されている。問い合わせてみればいいようなものだが、沙保は電話が苦手だった。第一、電話をして何と訊《き》けばいいのか。もしあの紙片がいたずらだったりしたら、一体どんな反応が返ってくることか。

結局、不安を抱えながら、ここまで来てしまった。

深呼吸をしようとしてやめる。さっき駅でトイレを借りたが、今日はまだ生理の三日目だ。量が多い。深呼吸なんてしたら大量に血が流れ出しそうで怖《こわ》かった。できるだけ歩幅を狭くして、そっと歩いている。

ただ、不思議なことにお腹の痛みはあまり感じなかった。緊張《きんちょう》のせいだろうか。

ふと足が止まる。

やっぱり無謀《むぼう》だったかも知れない。死に方を教えてくれるのが本当だったとして、じゃあ一体どんな人間が、何の目的でそんなことをしているのだろう。

喫茶店の名前だけではなく、紙に書かれていたキーワード、「やさしい死に方」や「暗い日曜日」などの言葉を足して検索してみたが、それらしい情報は何一つ出てこなかった。親切な人がボランティアでやっているならいいが、変な宗教だったり、もっとひどい悪意が存在する可能性もないとは言えない。

ただ、あのメモに書かれた文字はとても丁寧《ていねい》で、書いた人物の生真面目《きまじめ》さが伝わってくる気がした。色褪《いろあ》せたブルーのインクの文字は丸みを帯びて、どこかあたたかさを感じさせる。あんな優しい文字を書く人が、追い詰められた人間にひどいことをするとは思いたくなかった。

その直感だけを頼りにここにいる。

スマホを取り出し画面を眺めてみる。昼休みに祐貴から来たメッセージにはちゃんと返信した。彼は沙保がマンションにいると思っているはずだ。まだ電源を入れているので何かあれば助けを呼ぶこともできるだろう。

もし、今日ここで死に方を教わり、そのまま命を終えるなら、その前にスマホを捨てるつもりだ。電源を切っただけでは位置情報を辿られてしまうかも知れない。

簡単なことだった。目の前には大きな川が流れている。そこに投げ捨てればいい。

ふと、本当に死にたいのならスマホごと川に飛び込めばいいんじゃないのかと思った。堤防から見下ろすと、恐ろしいほど川幅が広く、水面は強風を受けて波立っている。誰かに見咎《みとが》められない夜にでも決行すればそれで終わりそうだ。決着をつけるのは意外に簡単なことなのかも知れない。

それでも沙保は「やさしい死に方」を知りたかった。本当にそんなものがあるのなら縋《すが》ってみたかったのだ。

洋館の敷地は鬱蒼とした樹木に覆《おお》われている。特に西側にはもさもさと緑が茂り、柵《さく》を越えて外にまではみ出していた。店の入口へ続くアプローチには四角い飛び石が並べられ、周囲には砂利《じゃり》を敷き詰めてある。上から枝が垂れ下がっているので、身を屈《かが》めて進まないと店に辿り着けなかった。

人気の喫茶店のはずなのに、まるで来る人を拒んでいるみたいだと思う。

正面には重厚な木の扉があった。扉の上半分には磨《す》りガラスが嵌《は》まっている。古いガラスは水が流れ落ちているような意匠《いしょう》だ。ここも木々の陰になっており薄暗い。

怯《ひる》みそうになる気持ちを奮い立たせ、キャリーバッグを持ち上げて飛び石を進み、おずおずと扉に近づく。

目の高さに、ビニールで覆われたボール紙が貼ってあるのに気付いて、思わず、えっと声を出してしまった。

『閉店しました』

何かの冗談《じょうだん》かと思ってしばらく立ち尽くした。遠くを走る車の音、波の音、風の音。いくら耳を澄ませても人の気配はない。

沙保は呆然《ぼうぜん》と貼り紙を見ていた。

これまでのご愛顧《あいこ》に感謝してとか、一身上の都合で店を閉めざるを得ない経緯などが書かれているが、何も頭に入ってこなかった。

『喫茶待合室　店主　衣川《きぬがわ》ヒサエ』という署名の後には連絡先も書かれていない。

貼り紙はさほど風雨に晒《さら》された様子もなかった。閉店からまだそんなに時間が経っていないようだ。

私は最終列車に乗り遅れてしまった？

ふうっと目の前が暗くなり、その場に座り込んだ。

そのまま意識が飛んでいたようだ。眠っていたのかも知れない。怠さもあるし、生理の時はとにかく眠いから。

ふと、誰かに呼ばれている気がして顔を上げる。

「ちょっとぉ。ねえ、もしもーしぃ」

頭上から大きな声が聞こえ、沙保はびっくりして飛び上がった。

「ヘイ。そこのお嬢さん、アタシの声が聞こえるかしら？　きゃんゆーひあみぃ？」

思わず身構えながら慌《あわ》てて周囲を見回すが、外の道路からは木々で目隠しされているし、どこにも人の気配はなかった。

「ここよぉ、ここぉ。アタシはー、ここっ！」

「痛っ」

上から何かが降って来て、額《ひたい》にぶつかり、膝《ひざ》の上に落ちた。驚いて見るとさくらんぼだ。

慌てて上に目をやると、がさがさと音がして、木の上で鮮やかなオレンジ色が動くのが見えた。

「ちょーっと待っててちょうだいな。今、下界《げかい》に降りるわ。って天界より来たりてみたいになってるじゃないの、アハハ。あ、そのさくらんぼ、おいしいのよ。遠慮せずに食べてちょうだいね」

沙保は驚きのあまり声が出せず、さくらんぼを膝に載せたまま固まっている。

「ぎゃーヤダァ、葉っぱが頭にひっかかるう」

げらげら笑う声が降ってくる。テレビの中のいわゆるおネエ系と呼ばれるタレントならいざ知らず、実社会でこんな風にあけすけに笑う声を沙保は聞いたことがなかった。

「はーい。お待たせえ、片倉律《かたくらりつ》ただいま見参。とうっ」

あっけにとられる沙保の頭上に葉っぱを舞い散らせ、緑の匂いとともに降り立ったのはすらりとした足にオレンジ色のパンツを穿《は》いた人物だった。

おネエ系の人というよりヨーロッパ辺りのマダムに近い印象だ。鮮やかなオレンジのパンツに合わせているのは上質な生地の白いブラウスで、大きな襟《えり》を立てた個性的なデザインだ。首元にはパールのチョーカー。ふわりとカールしたセミロングはベージュにところどころ金の混じった外国人風の髪色《かみいろ》だ。メイクは上品にまとまっているが、眉《まゆ》も睫毛《まつげ》もリップラインも何一つ手を抜いていないのが分かる。

センスがいいのはもちろんだが、自分に似合うものをよく分かっているおしゃれな大人という印象を受けた。

年齢《ねんれい》はよく分からないが、五十代ぐらいだろうか。男性なのか女性なのか、あるいは元は男性だったが今は女性に変わった人なのか。沙保には判断がつかなかった。

足もとを見ると、一目見て高価と分かる低いヒールのついた茶色の革サンダルだ。目線は沙保と同じぐらいなので身長は百六十センチ前後と思われた。男性としたら小柄な方だろう。体型はスレンダーだ。胸があるようなないような？　女性だとしたらこんなわざとらしいまでに女性らしさを強調した喋《しゃべ》り方をするのが不自然だ。

「ハーイ。こんにちは。始めましてー」

陽気な大声に圧倒される。

とにかく屈託《くったく》がない。笑顔が自然で本当に楽しそうだ。見ているこちらまでつられてしまう。沙保はぎこちなく笑顔を返した。

木々に覆われ薄暗くなったアプローチ、背後に少しだけ空が見えるがそれも曇天《どんてん》。なのに、この人の周囲だけがまるで発光しているみたいに鮮やかだった。

「あ、こ、こんにちは」

「どちらさまかしらぁ？　ウフッ、さくらんぼ食べてねえ。おいしいわよ」

小さな声でどうにか答えを返したが、圧倒的な存在感の人の前で自分がとてつもなく矮小《わいしょう》に感じられてならなかった。

「あ、あの。すみません。こちらの方ですか？」

「そーねえ。こちらの方といえばこちらの方だけど、違うといえば違うかも。あなたはどちらの方？」

そう言ってキャリーバッグの方をちらりと見やり、沙保の顔に視線《しせん》を戻す。不審そうな色はまるでない。どんな答えが出てくるのかと、好奇心旺盛《おうせい》な少年みたいに目を輝《かがや》かせているのだ。

「旅のお方？　そうね、アタシも旅人よ。旅の最後に、今日ここへ辿り着いたわ。この国の言葉では引っ越してきたとも言うかしら」

「じゃ、じゃあ、やっぱりこの喫茶店はもうやってないんですね」

喉《のど》にひっかかったような沙保の言葉に、目の前の人はぱんと手を叩《たた》いた。

「まっ、アナタ、待合室を目指してきたのね。残念《ざんねん》だわあ。半年ほど前に店主の方が亡くなっちゃったの。アタシはそうねえ、多分喫茶店はやらないと思うのよ」

亡くなったのか、と改めて動揺《どうよう》した。

「そ、そうですよね。ごめんなさい。失礼しました」

頭を下げて踵《きびす》を返すと、後ろから慌てたような声が聞こえた。

「ヤダッ、お待ちなさいな。ＯＫ、お茶よね、あなたに必要なのはお茶。今からおいしいお茶を淹《い》れるわ。一緒に頂きましょう」

名案を思いついたみたいに言われて焦る。

「いえ、結構です、そんな」

「ヤダッ、何、遠慮？　イヤよお、水臭い。同じ旅人のよしみじゃない。何もね、この世でお茶が出るのは喫茶店だけじゃないとアタシは思うの。お客様がいらしたらお茶を出すのは万国共通のおもてなし。素敵《すてき》よね。ハア、思い出すわあ。サハラ砂漠ではミントのお茶、ザンビアではトウモロコシのお茶が出たものよ。はいはい、立ち話も何だわね、中に入りましょうよ」

「あの、私はお客というわけじゃ」

「いいのいいの。遠慮はナシよ。人と人が出会ったら、まずはお茶。そこからじっくり知り合えばいいのよ」

勢いに押し切られてしまった。

木の扉を開けるとカウベルが鳴った。同時に古い匂いが押し寄せてくる。古本のような、ほこりっぽい空気に微《かす》かなコーヒーの香りが混じっているのだ。

一瞬、往時のざわめきが聞こえた気がして胸が詰まった。机や椅子《いす》は写真で見たそのままに残っているが、天井《てんじょう》の照明器具が取り去られており、がらんとした印象だ。何より人がいない。最終列車が出た後の待合室に一人取り残されたような気分だった。

本当に自分は乗り遅れたのだと思うと、身体が重くて立っていられない。

謎《なぞ》の人物は軽やかに窓を開けて回りながら歌うように言う。

「アナタは何茶がお好み？　日本茶、紅茶、それともコーヒーかしら？」

「あの、本当にお構いなく」

「ノーノー。お構いじゃなくて、おもてなし。ホラ、早く。何を飲みたい気分なのか言ってごらんさっ」

後半、ドスのきいた声で言われ、沙保は慌てて日本茶を頼んだ。

「ＯＫ。それではそれでは、片倉律、これより心をこめておいしいお茶を淹れるわよぉ」

そう言ってカウンターの上に取り出したのはカセットコンロ、続いて水道の水を鍋《なべ》に汲《く》んで火にかける。鍋といっても直径三十センチ近い深さのある中華鍋の形をしたものだ。

「ヤダッ。笑うところよ、これ」

笑いながら凄《すご》まれ、え、はいと頷《うなず》いた。

引っ越して来たのはいいが、ガスと電気の開栓を頼むのを忘れていたそうだ。幸い水は出るが、電気は明日、ガスは明後日にならないと使えないらしい。

「しょうがないからさっきちょっと遠くのショッピングモールに行ってカセットコンロを買って来たわ。探したんだけどさ、この店、ヤカンの類《たぐ》いがないのよぉ。誰が持って行ったのかしらね。あり得ないわよぉまったく」

足りないものはネット通販で頼んだが、到着は明日以降になるそうだ。

「そういうものは引っ越しで持って来なかったんですか？」

「うーん。寝袋一つで来ちゃったのよね。何しろ旅人だからさ、身軽なの」

「はあ」

もしかして自分と同じ境遇なのではと思ったが、こんなに楽しそうな人が自殺志願のはずもないかと思い直した。

カタクラリツ。男女どちらにもありそうな名前で性別を判定することもできない。聞いたことのない名だが、芸能関係か何かだろうか。ここは川も近いし海も近い。元喫茶店の洋館を別荘代わりにする人がいても不思議はなかった。

律は朗々《ろうろう》と、多分イタリア語の歌を歌っている。うますぎて鼻歌というには無理があった。声が低くて渋い。

沙保は落ち着かず、うろうろしている。悪い人ではなさそうだけど、とりあえず変わった人なのは間違いない。第一、この人の明るさを苦手だと感じる。お茶を飲んだら早々に失礼しようと考えていた。

沸《わ》かした湯は二つ並べたコーヒーカップに注《そそ》いでそのままカウンターに放置してある。煎茶《せんちゃ》を淹れるためには湯の温度を下げなければいけないらしかった。

「きゃー、まあ大変。お茶の急須《きゅうす》がないわ」

などと騒《さわ》いで紅茶ポットで代用された煎茶は甘く、とろりとしてとてもおいしかった。

喫茶店のテーブルに向かい合って座り、静かにお茶を飲んでいる。

律はほうと息を吐いて、白いコーヒーカップをソーサーの上に戻して言う。

「やっぱりお茶は落ち着くわね。日本の良き文化だわ。入れ物がちょっとアレだけどそこはご愛敬ね」

「とてもおいしいです」

ぼそぼそと答える沙保に、あっそうだ。いいものがあるわよ、と目を輝かせた律は大きなトートバッグを引き寄せ中を探り始めた。

ごろごろと出てきたのは小さなお茶菓子だ。丸い最中《もなか》や砂糖でコーティングされたゼリー、あん入りキューブに飴《あめ》やチョコレート。デパートではなく、スーパーの棚に並んでいそうなものばかりで、ちょっと律のイメージにそぐわない気がした。

「アハハ、ちょうど良かったわ。これ、どうしたと思う？　実はさっき、バスで手押し車のマダムに席を譲《ゆず》ったのよ。そしたら、その方がしげしげとアタシの顔を見て感心なさったみたいに言うじゃない。あんたはん、えらいべっぴんさんやねえってね。あらぁ、恐れ入ります。お褒《ほ》めにあずかっちゃって光栄だわ。ウフフ。それじゃあちょっとだけーってね、簡単にできる朝夕のスキンケアをお教えしたの。そしたらアナタ、びっくりよ。そのマダムと近くにいたお姉様方が口々に、ええこと聞いたわ、お礼やから取っときって、皆《みな》さんそれぞれのお荷物からお菓子を出してきてアタシの鞄《かばん》に入れて下さるじゃないの。それがこれ」

沙保は律とお菓子を見比べた。

「あの、それってみんな知らない人なんですか？」

「ええ、話には聞いていたけど、大阪の人って本当にみんなフレンドリーで親切よねえ。下さるのは飴ちゃんだけじゃなかったわ」

アハハと笑っている律を、沙保はまばたきも忘れて見ていた。

何なんだろうこの人はと思った。これまでの人生、たった一度だってこんな人に出会ったことがない。

世の中なんてどこに行ったって同じ。そこは普通の人たちの暮らす場所で、自分は永遠に輪の中に入ることができない。

いつからか諦めと共にそう思っていた。

だが、もしかするとそれは間違いだったのかも知れない。自分には世界のほんの一部しか見えていなかったのではないかと急に不安を感じた。

目の前に拡がる大海原に気づかず、砂浜でお城を作って遊ぶ子供みたいだ。目を上げればもっと大きくて楽しいものが見つかるのに、俯《うつむ》いてしまっているので自分の指先しか見えない。

『あんたってホント馬鹿。二十三年も生きて来て、そんな程度の人間にしかなれなかったんだね。それで終わるの？　悔しくない？』

別の自分に言われ、こみ上げて来たのは怒りだ。だからって、今更どうしようもないじゃない。どうすれば良かったというの？

でも、もういい。もう自分の人生は終わるのだ。そんな余計なこと、考えなくて良くなる。怒りも悲しみも諦めも全部綺麗に終わるのだと思った。

気になっていたことを訊《たず》ねてみる。

「あの、さっき木に登っていたのは何故ですか？」

律は目を見開いて、こちらを見たが、すぐに愉快そうな笑顔になった。

「旅人だもの。木があれば登るわ。アタシねえ、木の上からは世界の果てまで見えるんじゃないかっていつも思うの」

どきりとした。自分の視野の狭さを見透かされたような気がしたのだ。

それにしても変わった人だ。どれだけ興味があったって、この年代の人はそもそも木に登ろうなんて考えない気がする。

やっぱり男性なのか、と思った。あるいは元男性？　確かに律は地声も低そうだ。ハスキーというか少し掠《かす》れているのを作り声で高く賑やかにしているようにも聞こえる。

男性がマダムの格好をしているのか、あるいは元男性の女性なのか。

もし、女性だとしたら？　木登りをするマダム？　それはもう変わっているなんてレベルではない。

『あんな人と関わっちゃいけないわ、沙保ちゃん。付き合う人は選ばないと。あなたまで世間様から後ろ指をさされてしまうわよ』

母の声が聞こえる気がした。自分の娘こそが誰よりも異質であることを知っているのか知らないのか、彼女は他と違う部分のある人を揶揄《やゆ》したり、排除《はいじょ》するようなことを平気で言った。

目の前の人物に沙保は恐ろしく惹かれている。性別がどっちとか、変わった人だとか、そんなことはどうでも良かった。ころころと変わる表情を見ているだけで楽しいのだ。

わくわくしそうになるのを必死に押しとどめる。もう何年もこんな気分になったことがなかった。もっと話を聞いていたい、もっとこの人のことを知りたいと、夢中で手を伸ばしそうになる自分がいる。

慌てて急ブレーキを踏んだ。

楽しい気持ちに冷水をぶっかけるのは簡単だ。自分はここに死にに来たのだと思い出せば良かった。

お茶のカップを置いて、沙保は小さく首を振る。どう考えたって自分は招かれざる客だ。喫茶店でもないのにお茶をごちそうになって、律を話に付き合わせてしまっている。

最後に魅力的《みりょくてき》な人に出会えて良かったと思いながら、席を立ちかけ、じわりと拡がる経血の感触に顔を顰《しか》めて座り直した。

経血が流れ出す感触が嫌いだ。いつまで経っても慣れない。こちらの意思と無関係にどろりと流れ出してくる無神経さに辟易《へきえき》する。情けない。本当に早く終わりにしたい。

この後、暗くなるまでどこかで時間を潰《つぶ》して川に入ろうと思った。生理中なのが嫌だったが、あれだけ大きな川なのだ。経血も水に押し流されて消えるだろう。

「さあて」と律が伸びをしながら言った。

楽しい時間の終わりを告げる言葉だと思った。せめてものお礼の気持ちをこめて沙保はどうにか笑顔を浮かべる。

ごちそうさまでした。楽しかったです？　今の気持ちをうまく伝える言葉が見つからず、不器用に言葉を探した。

「じゃあ、夕食の準備に取りかかりましょうか。カレーでいい？　ヤダちょっと、今、芸がないって言ったあ？　いいえ、ノーよ。はっきり言うわ。アタシはノーと言える日本人なの。キャンプといえばカレーでしょ。って、ぶっちゃけ今夜はカレーの材料しかないのよ。アハハ、だから今夜はカレーなの」

何を言われているのか分からなかった。

「キャンプ？」

機械的に、ただ聞こえてきた言葉をそのまま繰り返す。

「そうよ。だって電気がないんだもん。それはほぼキャーンプ」

ネイティブみたいな発音だ。

「ほぼ、キャンプ」

律は腕時計を見て、あーっと立ち上がった。

「さあアナタ、時は金なりよ。じゃなくて、暗くなるまでに仕上げないと、今夜のごはんがないんだから。ああもう一大事よ。いいこと？　日没までにカレーを作ってごはんを炊《た》くこと。それが今夜の最低防衛ライン」

「あの」

立ち上がろうとする沙保を手で制し、律は勝手に話を続ける。

「ええ、ええ、悪うござんしたわよ、電気の契約を忘れて。でもこういうのは考え方一つ。キャンプだと思えば夜の闇にも値打ちが出るってものでしょ。明日になれば嫌でも文明が戻ってくるんだから、今日は思いっきり不便さを楽しんじゃいましょうよ」

沙保はただ困惑《こんわく》している。

「アッいけないっ」急にこちらを見た律と視線が合って、びくりと跳《は》ねた。

「アタシとしたことが訊くのを忘れてたわ。ねえそこな旅の民よ、アナタ、お名前は？」

「え。あ……沙保です」

「アラ、いいお名前。沙保嬢はカレーにはごはん？　それともナンの方が好きかしら？　オウ、シット。炊飯器がないわね。ごはんもお鍋で炊くってのね？　ＯＫ、人間やろうと思ってできないことなんてないわ。大丈夫《だいじょうぶ》よ、安心してちょうだい」

まくしたてるように言う律はとても楽しそうだ。

「あ、あの。ちょっと待って下さい」

「ん、何？」

有無を言わさぬ迫力に、カレーを食べないという選択肢はなさそうだと悟る。

「じゃ、じゃあ、あの、お言葉に甘えて……。でも、カレーを頂いたら失礼しますので」

沙保の言葉に律は口に手を当て、「オーマイガ」と目を見開いて見せた。

「ノーノー、今夜は魅惑《みわく》のキャンプナイトよ？　そりゃあね、ここは大阪市内、派手にキャンプファイアーができないのは痛恨《つうこん》の極みだわ。だからって、カレーを食べてさようならなんてもったいない。泊まってけばいいのよ」

「で、でも」

「そりゃ用事があるってなら引き止めはしないわ。でも、アナタ、行く場所なんてないんでしょ。ウフフ。アタシ、こう見えて人相を見るのは得意なの。あなた、ひどい顔してるもの。死に場所を探して来たけど、本当は死にたくないってところでしょ。違うかしら？」

沙保は思わず立ち上がった。

「待合室のやさしい死に方を知ってるんですか？」

律は目を丸くした。

沙保はレコードの中に紙片を見つけたことと、その内容を説明してみた。もしかして合言葉みたいに、律が態度を変えるかも知れないと思ったからだ。

律は単純に驚いただけだった。

「前の喫茶店って、死に方を教えてたの？」

その言葉に期待はしぼみ、やはりこの人は無関係なのだと知る。

せっかく引っ越して来たのにこんな話を聞かされて嬉しいはずはないだろう。申し訳ないことをしたなと思ったが、律は腰に手を当て、胸を張り、高らかに笑った。

「オホホ、アタシにはそんなことはお教えできないけれど、おいしいごはんとおいしいお茶、そして寝る場所を提供できるわ。屋根と部屋なら沢山《たくさん》あるもの。今日は電気もないしベッドもないけど、それでいいならいくらでも泊まっていってちょうだい。ああ、ただ一つだけ譲れない条件があるわ。いいこと？　よく聞いて。あなたがここにいられる期間は半年。そう、期限はちょうどクリスマスまで。延長はできないからそのつもりでね」

あまりにも自分に都合が良すぎて、何か思い違いをしているのではないかと思った。

「な、なんでですか？」

沙保が訊きたかったのは何故そんな提案をしてくれるのかというものだったが、律は違う意味に捉えたようだった。

「ああ、最長でも半年までってことよ。あなたが自分の意思で出ていくのはいつだって自由。ただし、行く先が川ってのは不可。不可不可の不可よ。川で入水《じゅすい》なんてしてみなさいな。すぐに発見されればまだしも、海まで流されて海岸に打ち上げられた時には土左衛門《どざえもん》よぉ？　あなた土左衛門って知ってる？　全身青や土気色《つちけいろ》で風船みたいに膨《ふく》らんでるの。まるで力士よ力士。そのうえ魚や蟹《かに》に食い荒らされて、ひどいありさまなんだから。ってその魚や蟹を食べるのはアタシたち人間なんだってさ。キャーやめてえ」などと一人で嬉しげに騒いでいた。

押し切られる形でカレーの準備をしている。喫茶店のカウンターで、保冷バッグに入れてあった肉や野菜の下拵《したごしら》えをする沙保の隣《となり》で、律は米を研いでいた。

律が首を伸ばし、こちらの手許を覗き込んでくるので決まりが悪くなった。

「あらあ、お野菜切るの上手じゃない。お料理よくするの？」

「え、まあ……。それが役目だったので」

沙保の返答にｗｈａｔ？　と首を傾げる。

「役目？　役目って何ぃ？　そういうお仕事ってことかしら？」

沙保は曖昧に笑い、答えなかった。祐貴の許から逃げて来たことを知られたくない。

『なんてもったいない』『いいお相手じゃないの』『彼きっと心配してるわよ。すぐに連絡しないと』なんて手垢《てあか》のついたような言葉がこの人の口から出たらと思うと怖いのだ。

あ、自分は期待しているのかと思った。

律にはこの人に任せておいたらすべて大丈夫だと思わせる安心感があった。ここにいれば何もかもが良い方向へ向かうのではないかと、不用意に期待を抱いてしまいそうになる。

同時に内心、その期待がへしゃげるように悪い材料を並べ立てている。

こんな短時間で相手のことが分かるわけない。きっと自分は目の前の人に勝手に思い描いた理想像を押しつけようとしているのだ。

昔話の山姥《やまんば》みたいに夜中に豹変《ひょうへん》して殺人鬼に変わる可能性だってある。でも、それで殺されたとしても仕方がないかと思う。どうせ死にに来たのだ。死なせてくれるのならばそれはそれで悪くないはずだとも考えている。

「さあて、じゃあ行きましょうか」

「あ、はい」

コンロや鍋を携《たずさ》え、律が向かったのは建物の外だった。

この建物は二階建てだ。

一階の東側が店舗、喫茶店入口の扉を出て建物の外壁に沿って西側に回ると、小さな勝手口があり、居住部分に入ることができる。

さほど大きな建物ではない。店舗と区切られた居住部分には大きな納戸と風呂、部屋が一つあるだけだ。

飴色になった木の床と壁、十畳程度の洋室だ。片隅にアンティークのドレッサーが置かれているだけで、がらんとしている。西側の一面が掃《は》き出《だ》し窓になっているがカーテンがかかっていないため、遮るものなく光が射し込み、きらきらと埃《ほこり》が舞っているのが見えた。

ドレッサーの天板の上には青いガラス製のボンボニエールみたいな蓋《ふた》付き容器、その隣に綺麗な貝殻《かいがら》がいくつか並べてあった。

「あっつ。暑いわ。この部屋ったらまるでサンルームじゃないのぉ。夏本番が怖いわあ。沙保嬢。窓よ、窓を開けてちょうだいな」

コンロと鍋で手が塞《ふさ》がっている律が言う。

沙保は慌ててポリ袋と保冷バッグを持ち替えながら、窓辺に寄った。

時刻《じこく》は五時過ぎだ。こちらが建物の西側になるので、西日が当たる。

最近掃除《そうじ》をしたらしく、サッシも窓ガラスも古いが綺麗だった。小さなクレセント錠《じょう》を開き、サッシ窓を滑らせると、さあっと風が通り抜けていった。

少し潮の香りが混じった梅雨の風、纏《まと》わり付くように重く、それでいてどこか涼しい。

この窓の外には縁側《えんがわ》と小さな庭がある。なだらかな下り坂になっているため塀の向こうに川面が拡がっているのが見えるのだ。

かなり向こうに湾岸線の橋梁《きょうりょう》が横切っている。その奥は大阪湾だ。

目の前の景色があまりにもダイナミックで沙保は言葉を失った。

梅雨を忘れたような青空と白い雲があるかと思えば、重く陰鬱で今にも雨が降り出しそうな灰色の雲。傾きはじめた太陽の金、黄色や紫、オレンジに群青。光を受けて弾《はじ》ける波、水面を渡る風のさざめき。雲の落とす影、遠くを滑る船。

どこまでも広い。

「水平線がないんですね」

大きな島影に隠れているのだ。

律によれば、左手に見えるのは淡路島《あわじしま》、正面にあるのは明石海峡大橋《あかしかいきょうおおはし》だそうだ。右手には神戸《こうべ》の街とその後ろの山並みが見えた。

綺麗だと思った。

この空と川と海にはどんな絵の具でも表現しきれそうにない、様々な色彩が溢《あふ》れている。

「ね、どぉ？　まさに絶景でしょう。アタシ、この景色に惚《ほ》れ込んでここへ来たのよ」

嬉しそうな律の声に沙保は口を開くと涙が流れ落ちてしまいそうで、ただ頷くことしかできなかった。

縁側にコンロを置いてカレーを作る。

結構風が強いので火が揺れる。店のキッチンで作ればいいようなものだが、律はこの縁側でカレーを作ることを譲らなかった。

「せっかくのキャンプなのよ。外でできることは外でするのが吉なの。外でお料理するとおいしい魔法がかかるわ。ただのカレーも絶品カレーに変わるんだから」

「いただきます」

「いただきましょっ！」

律がパンッと音を立てて両手を合わせている。縁側に腰かけ、皿から少しだけスプーンにのせたカレーとごはんを慎重に口に入れてびっくりした。

「え、おいしい……」

　正直に言うと、もう何ヶ月も沙保は食欲がなかった。祐貴が心配するので付き合い程度に食べていただけだ。昨日はトマトだけだったし、今日だって新幹線の中でバランス栄養食を一本もそもそと齧《かじ》っただけだ。ごはんもルウも少なめにしてもらったが、それでも全部は食べられないかもと危惧《きぐ》していた。

　なのに、律のカレーはびっくりするぐらいおいしかった。

　市販のカレールウを使った一般的なカレーだ。変わっているといえば、後から入れたスパイスぐらいだろうか。律はスパイスの瓶を五本ほど手にしていて、「ええいっ。景気よくいっちゃおう！」と投入していた。

「おこげもおいしいわねえ」

　鍋で炊いたごはんは下の方がおこげになっていて、もっちりと香ばしく、カレーとよく合った。こんなにおいしいカレーを沙保は食べたことがない。

「ピクルスも食べてみてちょうだい」

　律が言いながら、赤いパプリカをぽりぽりと齧っている。喫茶店の戸棚に残っていたガラスの器にピクルスが並んでいる。赤と黄色のパプリカ、きゅうり、大根をスティック状にして、塩と酢《す》、砂糖と黒胡椒《くろこしょう》などで保存容器に漬け込んだものだ。

「んーっまだ浅いわね。明日になったらもっとお味が滲《し》みると思うわ」

　それでも適度に酸味が利いていて、さっぱりしたパプリカはカレーの箸休《はしやす》めにぴったりだった。おいしいカレーとピクルス。流れる雲に渡る風。あんまり気分が良くて沙保は浮かれているのかも知れなかった。

　律がコンビニに買い物に行ったので、喫茶店のキッチンで洗い物をした。だんだん周囲が薄暗くなってきている。

「沙保嬢ー。こっち来ない？」

　窓から呼ばれて、はーいと返事をして正面入口を出て裏に回る。角を曲がって木々の陰から顔を出した途端《とたん》に、沙保は言葉を失った。

　目の前の世界がすべて真っ赤に染まっている。建物の外壁も、窓ガラスも、縁側も律も。燃えるような赤だ。

　目を転じると、夕陽が海に沈もうとしていた。紅、朱色、オレンジ、金、紫。強烈な光彩を放ち、空も海も川も雲もすべてを染め上げている。

　なんて色だろうと思った。鮮やかで晴れやかで華やかで、それでいて透き通っている。

　絵を描きたい――。

　湧き上がったのは強烈《きょうれつ》な衝動だった。

　この色彩を、この景色を、この目に映るすべてを写し取りたい。

　呆然と立ち尽くす沙保の鼻先に背の高い足つきグラスが差し出された。

　いい香りがする。驚く沙保の顔を見て、律はにっと笑った。

「コンビニで売ってた冷凍《れいとう》フルーツ全種類買ってきて景気よくぶち込んだわ。さあどーぞ、召し上がれ」

　マンゴーと桃とベリーにスパークリングワインを注いだ冷たいカクテルだ。

やがて夕陽が沈むと、律は軒先《のきさき》や木の枝、庭の柵に吊るしたランタンに火を灯《とも》して回った。小さな丸形の蠟燭《ろうそく》を使う、金色の鳥籠《とりかご》みたいなランタンだ。ちらちらと炎が揺れる様がガラスに反射《はんしゃ》して周囲に光を放つ。

ランタンが風に揺れる。

燃える炎の匂いがした。

空はもう暗い。紫、群青、瑠璃《るり》色、グレー、黒。複雑に混じり合っている。

小さな庭、縁側が闇に沈む。その上に蠟燭の光源が重なり、複雑な影を投げかけていた。様々な色彩と影、闇と火。あまりにも綺麗で夢を見ているようだった。カクテルの甘い果実の香りもあいまってふわふわした気分だ。もしかすると、本当はもう自分は死んでいて幸せな夢を見ているのではないかと思った。

まぶたの上に光が当たっている。ああ、もう朝かと思った。

目を開けたものの、自分がどこにいるのか分からず、一瞬慌てた。

寝心地の悪さから自分が床に転がっているのは間違いない。そうか、祐貴のマンションで高価な寝具を経血で汚してしまうのが怖くて床で寝たのだったかと思った。

だんだん記憶が甦《よみがえ》ってきた。

元喫茶店の海の見える洋館、男なのか女なのかよく分からない不思議な人物、その人いわく魅惑のキャンプナイト、世界を染める夕陽の赤、煌《きら》めくランタンの炎。

思わず目をつぶった。

もし今、自分が寝ているのが祐貴のマンションの床なのだとしたら、あれは全部夢だったということになる。

死のうと考えるずっと以前から死んだように生きていた。息苦しい日々の記憶がのしかかってくる。自分はまだそこにいて逃れたと思ったのは夢だった？　頭に浮かんだ考えに心臓《しんぞう》が締めつけられる気がした。

あれ？　でも、これって床じゃないなと思った。床と身体の間に何かある。

目を開けるのが怖くて、目をつぶったまま手探りで自分が敷いているものを探った。

無数の突起が規則正しく並んでいる。

身じろぎをするとぷちんと潰れ、あっと思って起き上がる。

あれは全部、現実だったのだ。沙保は畳《たたみ》一畳分のぷちぷちの上に寝ている。気泡緩衝材《きほうかんしょうざい》というのが正式名称らしいが、嬉しくて、ぷちぷちを幾つか潰してみた。

昨夜、ランタンの明かりを頼りに洗顔や歯磨きを済ませ、さあ寝ようとなって律が「キャー困ったわあ」と騒ぎだしたのだ。この洋館にはベッドも布団もない。律は寝袋を持っていたが、とても二人は入れない。沙保は床で寝ることに何の疑問も持っていなかったが、律は激しく抵抗を覚えるらしかった。結局、納戸に残されていた梱包《こんぽう》材を使うことで何とか納得《なっとく》してもらった。

ぷちぷちの寝床の寝心地は悪くなかったが、熱が籠もる。これ以上季節が進むとこれで寝るのは厳しいかも知れない。

半袖の服から出ていた腕を見ると、気泡の跡がついて水玉模様になっていた。

思い出して慌てて起き上がる。まだ生理が終わったわけではないのだ。経血が漏れている感触はなかったが、早くナプキンを交換しないと怖い。

カーテンがないので、掃き出し窓から白っぽい朝の光が入って来る。

向こう側に緑色の大きな芋虫《いもむし》が転がっているのが目に入った。寝袋に入った律がもぞもぞ動いているのだ。自分は自分でぷちぷちの上で転がった結果、水玉模様だし、おかしくて笑ってしまった。

声をあげて笑うのなんて一体いつ以来なんだろうと思った。

身支度を整え、起き出した律(髪の毛が爆発していた)に声をかけ、バスに乗って大阪駅を目指す。時刻はまだ五時を過ぎたところで、勤めに向かうらしい人たちが何人か乗っていた。

今夜、祐貴が戻ってくる。

沙保はバスの中でスマホのデータをすべて消去した。本体をどうするべきか悩《なや》んだあげく、川に投げ入れるのも良くない気がして祐貴のマンションに送ることにした。このスマホは沙保の名義なので別にどうしようと勝手なのだが、居場所を特定されないためにはそれが一番いい気がする。

洋館近くのコンビニから送るのは不安だ。祐貴はそこまでして沙保を探さないとは思うが、念のため大阪駅まで出向くことにした。

まだ六時にもなっておらず、駅は閑散《かんさん》としているが、これから職場へ向かう人たちや旅行に出かけるらしい人、バスツアーから戻ってきた人たち、所属名入りベストを着た納入業者、スーツケースを沢山持った外国人の一団とも行き合った。

やがて朝のラッシュが始まるだろう。大阪の人波に紛れ、自分は身を隠すのだと思った。

帰りのバスを降りたのは七時前だった。近くのコンビニに寄る。

律に頼まれたパンやチキン、サラダやヨーグルトなどを買って、漁港へと続く坂を登った。

昨日あんなに心細かったのが嘘みたいに心が弾み、足取りが軽い。

海からの風がさわさわと吹いてくる。漁に出る漁船のエンジン音、波の音、どこかの工場から流れてくるらしいラジオ体操の音楽が聞こえた。

自分は昨日、死にはしなかったし、待合室という喫茶店でやさしい死に方を教わることもできなかった。

でも、とてもすがすがしい気分だ。きっと何かが確実に終わったのだろうと思う。

今日から新しい日々が始まる。

胸が躍るような予感があった。


律との日々は自由きままだ。

沙保を縛《しば》るもの、悩ませるものは何もない。

電気とガスが使えるようになり、沙保は二階の部屋を一つもらった。二階を全部使ってもいいと言われたが、荷物があるわけでもないし、その必要はなかった。

一階の縁側がある部屋は律が使っているので、その真上にあたる部屋だ。ここからも同じように夕陽が見えたが、窓が小さくて物足りないので、夕方には大抵縁側にいる。

よほど天気が悪い時以外、縁側で食事をしたりお茶を飲む。律の部屋にお邪魔している時間が長いのだ。

曇りや雨の日はいいが、晴れた日は西日がまともに当たってかなり暑かった。夏の午後遅くになると、ここで過ごすのは厳しいかも知れないわねと律も言っている。

「二階の他の部屋、空けてますよ」

わざわざそう言ったのは律が二階に上がってこないせいだ。

自分がいることで律に気を遣わせてしまっているのかと考え、暗鬱な気分になった。ここは律の家なのだ。何度言っても律はお金を受け取ろうとせず、沙保は完全に居候状態が続いている。その上、家主を一階の一部屋に押し込めているなんてとんでもない話だと思ったのだが、律はアハハと笑った。

「そんなわけないじゃなーい。二階に上がるのが面倒なだけよ。大体アタシはこの縁側から見える眺望が気に入ってここに来たんだもの、これで完結するならわざわざ二階に行く必要なんてないでしょ」

面倒なだけって……。

律の言い分に違和感を覚えた。もっと高齢《こうれい》ならば分からないでもないが、律は木登りをするような人だ。足が痛いとか腰が痛いとか、そんなそぶりを見せることもない。

不思議なことは他にもあった。

荷物がないのだ。後から色々届くのかと思っていたが、一向に何も来ない。

さすがに寝袋ではあまり寝心地がよくないのだろう。律はぶ厚いマットレスを買って部屋の隅に畳んで重ねている。

沙保にはベッドを買ってあげようかと言われて固辞した。そんなことまでしてもらう理由がない。結局、沙保も同じマットレスを自分でお金を出して買った。

あまり家具を増やさないところを見ると、ここを別荘代わりにした一時的な滞在のつもりなのかとも思うが、律は住民票をこの住所に移したらしい。

不思議だった。自称旅人なのにと思う。

沙保自身は住民票を移したことがなく、実家のままだ。

高齢者なら介護保険の手続きなどで必要になるのかも知れないが、律はまだそんな年齢ではない。選挙が近いわけでもないし、一時的に暮らす別荘に住民票を移す必要があるとは思えなかった。

聞きたいことは山ほどあったが、自分なんかがそんなに踏み込んだ質問をしていいとは思えなくて、訊けずにいる。

律はただ行き場のない自分に居場所を提供してくれているだけなのだ。沙保は相手との距離を慎重に測りながら暮らしていた。

「律さん、なんで日本に帰って来たんですか？」

そう訊いたのにも深い意味はなかった。

律は若い頃、十年ほどアメリカで仕事をしていたそうだ。

車に乗って西部の砂漠をキャンプして回ったなんて話がとても楽しそうだったし、沙保からすればこの国はあまりに息苦しい。アメリカの方がよほど自由に生きられるような気がする。

自分にはそんな能力も勇気もないが、もしできるなら国を捨ててどこか別の場所へ行きたいとずっと思っていたのだ。

「あーそうねえ。そりゃあ向こうに骨を埋《うず》めることも考えなくはなかったわよ？」

律は喫茶店のキッチンでひじきの煮物《にもの》を作りながら言う。

「きっと空気よね」

「空気？」

空気を読むとかそういう話なのかと考えた。日本では空気を読むのが美徳、というか、それができないとうまく生きられない。その失敗例が自分なのだ。うんざりするほど知っている。対して欧米ではちゃんと自分を主張しないとダメだと聞いたことがある。

そういう話かと思ったのだが、律が言いたいのは本物の空気の話らしかった。

「たとえばね、日本食のお店でひじきを買って、これと同じおしょうゆとだしで煮たとするじゃない？　でもなーんか味が違うのよね。あ、水も日本製のミネラルウォーターを使ってもってことよ。それって空気の違いなんじゃないかしら」

「そうなんですか？」

沙保は国外に出たことがなく、ぴんと来ない。

「空気だけじゃないのよ。空も水も花もね、何もかもが違うのよ？　あたりまえなんだけどね。気候はもちろん、国の成り立ちからして違うんだから」

そこまで聞いたタイミングで律のスマホの着信音が聞こえ、話が中断した。

二階にもミニキッチンがあるが、料理をするのはすべて喫茶店の厨房《ちゅうぼう》部分だ。

この喫茶店は左側がカウンターになっており、席が四席。その内側がキッチンだ。キッチンの壁にはエメラルドグリーンのタイルが貼られており、上部には造り付けの食器棚があった。厨房機器は撤去されているが、棚の中の食器は残されたままになっているので、それを使っている。

コーヒーカップやパフェ用のガラス器、洋食用の皿やステーキ皿などには不自由しないが、最初の湯飲み同様、和食系の器がなかったし、いつまでも割り箸を使っているのも味気ないということで、先日梅田《うめだ》のデパートへ食器を買い足しに出かけた。

茶碗《ちゃわん》や味噌汁椀《みそしるわん》など、当然のようにすべて二客ずつ買おうとする律に、沙保は戸惑《とまど》い「え？　え？　あの、もしかして私の分ですか？　私は要《い》りませんので」と遠慮がちに断ったものの、律に「何ですってえ？」と目を剝《む》かれた。

「アタシと一緒に食事をする以上はきちんとしてもらうわよ。目に入る以上はあなたも環境の一部なんだから」ということで押し切られてしまったのだ。

他にも律は冷蔵庫とガスコンロ、炊飯器にオーブンつきの電子レンジを買い、カウンターの中に設置している。家財道具を増やすつもりはないようだが、調理に関しては例外らしい。

沙保を環境の一部と言ったのでも分かるが、彼女は食事をとても大切にしていた。食器だけではなく、コンロの横には見たこともないようなスパイスや珍《めずら》しいオリーブオイルなどの瓶がずらりと並んでいる。律が買い物に出かける度に何かしら買ってくるので、どんどん増えていくのだ。

炊飯器から香ばしい匂いがしてきた。今日は米に黒豆を入れて炊いている。

お昼前の喫茶店はとても静かだ。雨の音に混じって、近くの小学校のチャイムの音が聞こえてくる。

隣で律がスマホに向かって喋っていた。

「アラぁ。お久しぶりですこと。ええ、ええ。アタシは元気にやっておりますとも。オホホ、西条《さいじょう》さんはいかが？」

仕事関係の電話らしい。

律には時折、仕事関係者からの連絡が入る。喋り方の基本は同じだが、ところどころビジネスモードが顔を出すので分かるのだ。

律は声をひそめることも、別室へ移動することもしない。決して聞き耳を立てているわけではないが、どうしても会話内容が耳に入ってしまう。当初は沙保の方が遠慮して席を外したりもしていたが、ある日電話を終えた律に大きな声で「ヤダァ」と叫ばれた。

「んもう。そんなこと気にしなくていいのよ。どうせ大したこと喋ってないんだから」

アハハと豪快《ごうかい》に笑われてしまった。

今も聞くともなしに聞きながら、沙保は鶏ミンチのつくねに入れるれんこんをみじん切りにしている。

数日経つと、律の正体もおぼろげに分かってきた。

職業は税理士らしい。許可を得て律のスマホで検索してみると、幾つか情報が出てくる。所属の税理士法人は律自身が立ち上げたもので、国際税務に強いらしかった。

記事を読む途中で、あっと思った。

『異色の女性税理士』とあったのだ。

「律さん、女性だったんですか？」

「ヤダーッ今頃⁉　一体何だと思ってたの？　いかにも女性よ。少なくとも六十年ちょっと前に生まれた時から生物学上の性別はそういうことになってるはずだわ」

「す、すみません。でも喋り方が……」

そこまで言って言葉に詰まる。

おかしいというわけではないのかと思ったのだ。おネエと呼ばれる人たちがこういった話し方をするのは女性らしさを強調してのことだろう。律は元々女性なのだ。何も問題ないようにも思うが、強調しすぎると、かえって奇妙に感じるものだろうか。

そんなことも考えたが、正直に言ってしまうとこの時に抱いた感情は不満だった。

この人が女性であることが何となく嫌だったのだ。

何故そんな風に感じるのか、自分でもよく分からず、仕方なく元々女性である人が女性らしさを強調するにはどういう意味があるのかと訊ねてみる。

「よく気づいたわね。アタシがこういう喋りをするのには理由があるのよ」

十年ぶりに帰国した後、久しぶりに日本語を話そうとした律は、はたと困ったのだそうだ。

「英語の主語って、Ｉでしょ。それに慣れちゃうと日本語ムズカシイってなるのよ。わたし？　わたくし？　アタシ？　それがし？　ヤダァ、ちょっと笑い事じゃないのよぉ」

一人称を変えるごとにいちいち顔を作って見せる律がおかしくて、つい笑ってしまった。律は大袈裟《おおげさ》に肩を竦《すく》めて見せる。

「ホントに日本語ムズカシイ、だわよ。言い回しや語尾でその人がどんな属性だとか分かっちゃうんですもの」

「属性？」

「そうよ。たとえば、男なのか女なのかそれ以外なのか。主語と語尾で分かっちゃう。それどころか、その人の暮らしてる環境とか境遇、下手《へた》すりゃ思想まで分かりかねないんだもの。アナタたちそんな個人情報を無自覚に垂れ流してるのよ、恐ろしいったらないじゃない」

大袈裟なと思ったが、言われてみればそうかも知れなかった。

「久しぶりに日本に帰ってアタシ、自分は何者だったのかしらって考えちゃった」

律はリアクションや表情の変化の幅が大きい。欧米人型の感情表現なのだと思う。

「それで出た結論が、どう考えたって日本社会には馴染《なじ》まない変人だったわってこと」

「普通でない……？」

沙保の呟《つぶや》きに律はアハハと笑った。

「普通？　普通なんてクソ食らえよ、あらま、お下品だったかしら、ごめんあそばせ」

そう言って大袈裟な動作で口に手を当てて見せる。

「でもさ、アタシ、秋になって新幹線から黄金色に実る稲穂《いなほ》を見る度《たび》、思うのよ。日本人って整然と並ぶ稲穂みたいよね。そりゃお米はおいしいけど、全員が同じ方を向いて同じ風に吹かれてるんじゃつまんない。まあ、アレよ。稲穂の中にガマの穂が一本紛れ込んでるようなものなの、アタシ」

ガマの穂が分からないので検索してみた。きりたんぽのような茶色の花をつける二メートル近い植物だ。これが稲穂の中に立っていたら、なるほど恐ろしく目立つだろう。

「だからアタシはこうよ！　ハハハ、変わり者なのさ！　ガマの穂よお！　ってダーンと最初から示しておいた方が、お互い摩擦がなくていいんじゃないかと思ったのよ」

あっけに取られ、律の顔を見た。

どこでも人間関係がうまくいかなくて、孤立《こりつ》し続けた沙保は社会に出てもやはりうまく立ち回れない。生き延びるためには普通の人々の中に紛れ込まなければならないのだと悟って以来、ずっと、おとなしく控《ひか》えめで優しい、害のない人間であろうと努めてきたのだ。

こんな人がこの世に存在するなんて信じられない。

だからといって、決して出鱈目《でたらめ》な人間というわけではなさそうだ。仕事相手と喋る時、律は表情も少し普段と違う。硬さというのか、きちんと線引きされた律儀さみたいなものがあるのだ。てきぱきとした対応を聞いていると、この人は本当に有能な社会人なのだろうなと感じた。

自分とは大違いだ。

なんでこんなすごい人と自分が一緒にいるのだろうと首を傾げたくなる。

ただ、律がここにいるのは単なる休暇《きゅうか》というわけではないようで、法人はパートナー税理士に任せ、完全に退いてしまったらしかった。税理士そのものを辞めたわけではないので様々なオファーが来るのだが、彼女はすべて断っているようだ。

中には一度ならず何度も連絡してきている人もいる。

「ええ、ええ。ごめんなさいねえ。何度も申し上げております通り、アタシはもう引退しましたの。折角お声をかけていただいて嬉しいのよ？　でもね、どなたのお誘《さそ》いもお断りさせていただいてるの。ご了承下さいな。ヤダ、お越し頂いてもお受けできないんだってば……ええっ？　今どこにいるかですって？　オホホ、秘密よ秘密。地下に潜ってレジスタンス活動を展開している最中なのよ」

断る際には一応申し訳なさそうにしているが、どこまでも楽しげなのが律らしかった。

もしかして、この人は逃げて来たのかな？　なんてことを考える。

それなら家具がないことも、まったく本宅？　に帰る様子がないことも頷ける。

こんなに色々オファーがあるのに不思議だ。仕事でよっぽど嫌なことでもあったのだろうかなんて思ってしまった。

律はまったく仕事をする様子がなかった。資料を読む様子もなければ、パソコンに向かうわけでもなく、何かを書いている風もない。

朝昼晩と料理を作って食べる以外は主に縁側に腰かけて、ぼんやりと空と海を眺めている。ちょっとご隠居《いんきょ》さまのようだ。

もっとも、その料理を作るのに結構時間がかかる。律は外食をしないし、総菜を買ってくることもあまりない。家にいる日は三食を丁寧に作っていた。だしはもちろん、最初のキャンプナイトを除いてカレーやシチューもルウを使わず、すべて一から手作りするのだ。

祐貴と暮らしている間、沙保はほぼ毎日料理をしていたが、正直、苦痛でしかなかった。

幸いにも祐貴は昼は外食で済ませてくれたが、朝食と夕食は作らなければならない。

メインの料理に関しては、一ヶ月の間同じメニューを重ねて出してはいけないと自分の中でルールを設けていた。常に新しいものに挑戦しようとしていたのだ。しかし、あまり料理の経験がないため要領が悪い。かなり早い時間から取りかかっても祐貴の帰宅に間に合わないこともよくあった。労力の割にできあがったものは不出来で、なんでこれだけがんばってもこんなのしかできないんだろうと泣きたくなることも多かった。

祐貴は出されたものに文句を言うようなことはなかったし、落ちこむ沙保に、徐々に上達すればいいんだよと言ってくれたが、家事だけが自分の存在意義だとしか思えない。祐貴が優しければ優しいほど情けなくなった。

対してここで料理をするのはまったく苦痛ではなかった。沙保がメインで作ることがあまりないことも関係しているのかも知れない。律の隣でうろうろとお手伝いをしている感じだ。

律は料理がうまい。レシピがなくても作れるレパートリーの多さにも驚いたし、特段大変そうな様子もなく、さらりと凝《こ》った料理を作ってしまう。味はもちろん見た目もとても美しい仕上がりなのだ。

「アタシは好きでやってるだけだから、気にすることないわよ？」と言われたが、むしろ進んで手伝っている。律と共に料理をするのは楽しいし、折に触れ、ちょっとしたコツなんかも教えてくれるので、勉強になるのだ。

律は色んなことを思いつく人だ。当たり前の日常を特別な日に変えてしまう。

たとえば、今日の食事にはテーマがあった。

『黒』だ。今日一日、メニューすべてを黒で統一しようというものだ。一昨日《おととい》の夜に突然彼女が「黒よ黒。ブラックデー。漆黒《しっこく》の宴《うたげ》の開催を要請するわ」と言い出したのだ。

今朝《けさ》食べたのは昨夜から仕込んでおいた竹炭《ちくたん》を練り込んだ真っ黒パンに黒ごまのポタージュ、ベビーリーフにさらし玉ねぎとブラックオリーブのサラダにはバルサミコ酢のドレッシング。

飲み物は黒ザクロのジュースという黒の食卓だ。

お昼もまた黒豆ごはんに、ひじきの煮物、黒ごま豆腐《どうふ》、黒きくらげの酢の物、鶏ミンチをつくねにしたものに海苔《のり》を巻いて磯辺《いそべ》焼きにし、味噌汁にも海苔を大量に入れて黒くすることになっている。

夜は黒ビールにブラジルの黒い煮込《にこ》み料理のフェジョアーダ、いかすみのソーセージ、などの予定だ。

黒いのは料理だけではなく、律は朝から上下黒の服を着ているし、大ぶりのイヤリングやブレスレットといったアクセサリーも黒で統一している。今日の律の服もとても変わったデザインで、きりりと大人っぽく、ベージュに金の混じった髪色によく映えていた。

「部屋の壁を黒の布で覆うってのも鬱陶しくていいわねえ」などと言っていたが、それはやめたようだ。

「あんまり物を増やしたくないのよねえ」ということらしい。

本当は沙保も黒を着るべきなのだろうが、最低限の着替えしか持っていない。そもそも黒い服をほとんど持っていないのだ。

『黒なんて沙保ちゃんには似合わないわ。可愛い女の子にはふさわしくない色』

そう言う母もあまり黒を着なかったなと思い出した。

喫茶店のキッチンの後ろに人一人通り抜けられる扉があり、居住部分に行けるようになっている。短い廊下を挟み、片側が納戸、反対側に風呂という配置だ。正面には木の扉があり、右手に四角い真鍮《しんちゅう》のプレートがはまっている。古いものらしく、丸いドアノブの下には古墳《こふん》みたいな形の鍵穴があった。

左手に食器を載せたお盆を持ったまま、使い込まれてつるつるしたドアノブを回すと、かちりと音がする。

扉を開くと、正面に庭ごしの海が拡がっているのが見えた。

カーテンをかけることに律はかなり抵抗していたが、あまりに西日が強いので仕方なく買うことにしたらしい。とはいえ午後の遅い時間以外は大抵開け放したままだ。外の斜面の下は川面なので通行人の視線を遮る必要もなかった。

今日は雨の勢いが強いので窓を閉めたままエアコンをつけている。

暗い室内に気が滅入りそうになったところで律が照明をつけた。やわらかい光が灯り、室内を照らし出す。

この部屋の天井照明は取り外されていたため、納戸に転がっていた白熱灯の色のＬＥＤ照明を探してきて、床や壁に間接照明としていくつか設置した。

沙保は結構こういう作業が得意なのだ。もっとも母からは不評で『そんなことは男の子にやってもらいなさい。日曜大工や配線工事の得意な女の子なんて可愛くない』と再三言われたが、律はとても喜んでくれた。

「いいわねえ。こんなことが自分でできるなんて無限に夢が拡がっちゃうわ。とっても素敵な才能よね。羨ましいこと」と言うのだ。

照れくさくてたまらない。沙保は謙遜《けんそん》しながら内心とても嬉しかった。

喫茶店にあったアンティークテーブルと椅子を二つ、こちらに運んで来ている。四角いテーブルで猫足のものだ。テーブルを左右から挟み向き合う形で景色を眺めながら食事をする。

「黒豆ってこんな食べ方もできるんですね」

黒豆ごはんは米に黒豆を混ぜ込んで炊いたものだ。黒豆なんて沙保はお節でしか食べたことがなかった。

「そうねえ。アタシもこれは初めて食べるわよ。どんな味かしら?」

一口食べて、アラおいしいと律は目を輝かせている。黒豆から出た色素で、ごはんが薄い紫色に染まっていた。黒豆はふっくら炊きあがり、ぴかぴかに輝いている。口に運ぶと、もっちりと甘く、香ばしくてとてもおいしかった。

ここで過ごす時間は楽しすぎて、あっという間に日々が過ぎていく。

でも、分かっている。いつまでも甘えてなどいられるわけがないのだ。

食後、片付けを終え、コーヒーを淹れることになった。喫茶店で使っていたらしいサイフォンがそのまま残されていたのを使っている。

黒の日なのでブラックにすべきだ。それを嬉しく思っている自分に気づいてはっとする。

元々、沙保はコーヒーにミルクや砂糖を入れるのが好きではなかった。甘ったるくまとわりつくような後味がいやなのだ。同じ理由でラテとかカプチーノだとかもあまり好まない。

ただ、誰かといる時、ブラックのコーヒーを飲むことはまずなかった。ブラックコーヒーを飲む女なんて可愛くないと、母によって戒《いまし》められていたからだ。

あんまり何度も言われたせいで、ブラックで飲もうとすると後ろめたく思ってしまう。

多分、祐貴は今でも沙保のことをミルクと砂糖のたっぷり入った甘ったるいコーヒーしか飲めない子供舌だと思っているはずだ。

　ここに来た当初、律がコーヒーを淹れてくれた時に沙保はつい砂糖とミルクを入れてしまった。そのせいだろう「あ、沙保嬢はミルクと砂糖入れていいのよ」なんて親切に言ってくれた律の言葉に、沙保が覚えたのはお門違《かどちが》いの怒りだった。

　律は普段から当たり前のようにブラックで飲んでいる人だ。やはり彼女も沙保を甘ったるいお菓子のようなコーヒーしか飲めない子供だと思っているのだろう。

　違う。私はそうじゃない、そんなんじゃないんだよと内心叫ぶが、それを声にすることができずに黙っている。

「律さん、ブラックでコーヒーを飲む女の子ってどう思いますか？」

　自分の抱いた不服をきちんと言葉にできず、自分が何に腹を立てているのかも分からないまま訊いた。

「ええっ、何それ？　そこ性別関係ある？」

　律はびっくりしている。

「あ、いえ。前にコーヒーをブラックで飲む女の子は可愛くないって言われたので」

　目の前の人は大きく目を見開き、頷いた。

「あー、そういうアレね。うわあ、ちょっとないわよそいつ。ないないないないってば。大体コーヒー飲むのに可愛いとか可愛くないとかどうでもよくない？　自分の好きなものを飲めばいいだけじゃない」

　律はコーヒーカップを鼻に近づけ、香りを吸い込み満足げな顔をして続ける。

「アタシだったら言いたいヤツには言わせておくわ。大体、てめえの評価なんざこちとらどうでもいいんだよってね。要は沙保嬢、あなたが好きか嫌いか、心地好《よ》いのか悪いのか、ただそれだけ。シンプルすぎる問題ね」

「……ですよね」

あまりにもまっとうな律の言い分に、自分は好きか嫌いかさえも言えずにいたのかと気づかされる。

惨《みじ》めだった。

何も入れないコーヒーは白いカップの中、確かに漆黒で、それでいて角度によっては照明を浴び褐色《かっしょく》に輝いて見える。コーヒー豆の香り、少しの酸味にこく、苦みのバランスがよく分かってとてもおいしかった。

身体が重たくて、溜息が出た。

窓越しに雨が降るのを眺めている。

雨脚が激しくなって、窓ガラスに雨が打ち付け流れていく。細い糸のような連なりが間断なく庭木を叩き、その向こうにある水面が白く煙っている。重そうな灰色の雲が低く垂れ込め、空が暗い。雨ともやに覆い隠され、海が見えなかった。

「アタシは梅雨が好きなのよ」

律にしては静かな声だ。

「向こうには雨期みたいなものはあったけど、梅雨とはまた違うのよね。日本の梅雨には日本にしかない風情があるわ。そう考えると何だか無性に梅雨が恋しくなっちゃって。だから日本に帰ってきたともいえるわね」

からっと明るい律に似合うのは春や夏ではないかという気がしていたので少し意外だ。

「梅雨が好きって人、初めて聞きました」

「アラ、そお？　皆さん、じめじめべとべとしたイメージをお持ちなのかしら」

「あー、そんな感じかも」

毎日雨ばかり降るこの季節は憂鬱だ。蒸し暑いだけでなく、髪もうねってしまうし、傘を差すのが下手な沙保は外に出れば必ず洋服を濡らしてしまう。

「アタシはじめじめも含めて好きよ。梅雨にしかない景色や風があるもの。それにじめじめの季節が終われば次に来るのは夏じゃない。夏の前が春じゃ、輝く太陽のありがたみが薄れるってもんなのよ」

律はコーヒーのカップを持ち上げ言った。

「実はね、帰国の理由、もう一つあるの。ここだけの秘密よ、内緒にしてね。アタシ、実はこの建物に呼ばれたの」

どういうことかと思ったら、アメリカで暮らしていた間、度々夢にこの洋館が出てきたというのだ。

「夢の中でアタシはスノードームを持ってるのよ」

ぶ厚いガラスでできた手のひらサイズのドームの中心にこの洋館があり、日によって青空が拡がっていたり、星や月、今日のように雨が降っていることもある。

気が付くと、自分もスノードームの内部に入り込んでいる。雨が降れば肩が濡れる。なのにどうしても建物の中に入ることはできなかった。窓から見えるのは蠟燭の火、時には派手なミラーボールの光が漏れていたりもする。人の姿は見えないながら、とてもあたたかい気配が伝わってくる。何かとても大切なものを自分はここに忘れているのではないかと律は思ったそうだ。

「それって、この建物そのものだったんですか？」

「そうなの。アタシ、渡米前に大阪には来たことがないはずなのよ、不思議でしょ？」

夢に見た洋館を探そうにもどこにあるのか、そもそも実在するかも分からない。それでも日増しに自分はそこへ帰らなければいけないという気持ちが強くなっていった。

「夢の中でスノードームを手に持っているとね、とてもあたたかいものが流れ込んでくるの。でもね、同時にたまらなく寂しくて、切なかったわ。あらヤダ、柄にもなくセンチメンタルなことを呟いちゃった」

日本であることは何となく分かっていた。景色の中に桜や紅葉《こうよう》が見えたからだ。

帰国したものの結局、どこの風景か分からなかった。ある日、ウェブで偶然、待合室という喫茶店を見つけた律は慌ててここへ来たのだという。

「この建物を見た瞬間《しゅんかん》、ああ、ここだと思ったわ。ここがアタシの帰る場所だと思ったのよ。ホント、不思議よね」

店主と面識はなかった。初めて会う人なのに、何故かずっと昔から知っていた気がして懐《なつ》かしい思いがした。そう言う律は大袈裟でも嘘をついている様子もない。

「実は昔来たことがあったのを忘れてたとかではないんですか？」

「本当に覚えがないのよ。アタシは横浜生まれの東京育ちだし」

店主の方も初対面の様子だったそうだ。

不思議な話だと思う。

カップを置いて立ち上がると、律は窓を開けた。

その瞬間、ざあっと雨粒交じりの風が吹き込む。雨樋《あまどい》から流れ落ちる水の束が敷石にあたって立てるリズミカルな音が近くなった。生臭い雨の匂いに遠くの潮《しお》の匂いが混ざっている。

沙保も窓辺に寄る。庭の隅にあじさいを植えたプランターが置かれていて赤い花を咲かせている。赤といっても単純な赤ではなかった。紫がかってもいるし、青みの気配も感じる。蘇芳《すおう》色とでもいうべきものかも知れない。蘇芳色のぼってりしたかたまりが雨に打たれ、花びらのように見えるがくの部分に丸い水滴がきらめいていた。

泣きたいような気持ちで、ああ、絵を描きたいなと思った。


ぎしぎしと音のする階段を踏んで、二階に上がる。

二階の部屋の窓はこの洋館の特徴でもある緑色の枠で十字に区切られたガラスが上下で一組になっている。上げ下げ窓というらしく、窓を開けるには下の部分を押し上げる。

二人並べる程度の大きさの窓を開け、外を見る。見える景色は一階と同じだが、高さがあるので庭や川を見下ろす形になり、近くにある巨大な赤い水門が雨に煙っているのが見えた。

キャリーバッグから化粧箱に入ったままの液晶タブレットを取り出す。デジタルで絵を描くための液晶画面とペンがセットになったものだ。絵が描けなくなってずっと封印していたが、どうしても手放せなくて、ここへは死にに来たはずなのに、やっぱり持ってきてしまった。重ねるように入れてあったレコード入りの茶封筒を見て、沙保はああ、と声を出し、キャリーバッグの底の方に押し込む。

忘れるな、お前はここへ死にに来たのだと言われた気がした。

律の好意に甘えて、一体自分はいつまでここにいるつもりなのだろう。ここの暮らしが楽しすぎてつい忘れてしまいそうになる。

沙保からすると律との暮らしは良いことずくめだ。おいしく、楽しい食事、自由で前向きな彼女との会話は愉快で刺激的だった。それでいて律は沙保の事情を訊ねもしない。まったく干《かん》渉《しょう》しようとしないのだ。

有り難い反面、怖くなる。律からすれば沙保は突然転がり込んできた厄介《やっかい》者だろうし、楽しい話題の一つも持たない。いつも曖昧に微笑《ほほえ》んでいるだけのつまらない人間だ。一緒にいても面白いはずがなかった。

自分が律に返せるものは何もないことに、ずっと負い目を感じている。

どうしたらいいのだろうと思いながら答えが見つからなくて、逃げこめる場所を探した。絵だ。絵を描きたいと思った。早く、早くと焦る。

頭の中にここへ来てから見たいくつもの風景が焼き付いている。

造船所の錆びたクレーン、海、川、空、雲。記憶の中の映像を切り取って一枚の絵に落とし込んでいく。表現しきれないものは数多《あまた》ある色彩だけではなかった。風や空気みたいなものをどう描けばいいのか。

描き始めると夢中になった。どれだけ描き込んでも満足のいく出来にはならなくて、空いた時間を見つけてはペンを取る。

美しい景色を液晶の中に閉じ込める作業は楽しかったが、ふと嫌になった。

作画途中でペンを放り出し、ごろりとマットレスの上に転がる。

この部屋の天井には前の住人が残していった照明器具がそのまま残っていた。昔ながらの蛍光灯を使ったシーリング型の丸い照明器具だ。昭和レトロといえば聞こえはいいが、階下のおしゃれな雰囲気とはほど遠い。

蛍光灯の光は白々しい気がする。

平坦で白い明かりは善人ぶって隅から隅までくまなく照らす。暗がりの存在を許してくれず逃げ場がない。清潔な工場みたいな光の下で、沙保は絵を描いているのだ。

何のために？　外には本物の景色があるのに。

たとえばスノードームを作っているのだと考えてみる。美しい景色をガラスのドームに閉じ込める代わりに液晶画面に写し取る。スノードームならば手に取った誰かを楽しませることもできるが、このタブレットに描かれた絵はここに閉じ込められたままだ。イラストを投稿するサイトがあるのは知っているが、発表する気はなかった。

怖くてできない。

単に美しいものを写し取るだけならば、写真でもいい、いや、写真の方が正確だ。

我が目に映った景色を、誰かに見てもらうためには、自分にしかできない表現がなければ意味がないのだ。

沙保は自分が描いたイラストを見直した。

この絵に足りないのは人だと思った。

この背景に人を描き入れたい。

でも、この風景に似合うのはどんな人物なんだろう。女性？　少女？　子供？　美しい男性？　ラフな線で描いてみる。

ああ、どれも違うなと髪をぐしゃぐしゃとかき混ぜて描いては消すを繰り返した。鉛筆やアナログなペンを使ったものとは違い、アンドゥ機能を使えば身体も髪も簡単に消せる。一瞬にしてなかったことにできるのだ。

沙保は人間を描くのが苦手だった。

相手の顔をまともに見ることができないからだ。それは自分自身の顔でも同じだ。鏡を見るのも、写真に撮られるのも大嫌いだった。

だから、この絵の中には人間がいない。

その人物はどんな髪型でどんな服を着て、どんな顔で笑うのか、あるいはどんな風にこちらを見るのか。男なのか女なのか、子供なのか老人なのか、まったく分からなかった。

自分は何者なんだろうと思う。

名前はある。だが、それだけだ。何が好きで、何を目標に生きて来たのか、分からない。

奇怪なイメージが浮かぶ。蛍光灯ののっぺりした光の下、自分はつるんとした皮膚のひとがたの中にいる。塩化ビニルか何かでできたマネキン人形《にんぎょう》の中に閉じ込められているのだ。目だけが動き、外の世界を見ている。

本当の自分は一体どこにいるのだろう？　考えると息が苦しくなる。

もしかすると、自分はどこまで行っても中身のないマネキンに過ぎないのかも知れない。

そうじゃないと思う気持ちもある。今までの人生のどこかに本来の自分がいたような気がした。どこに？　どんな自分がいたというのだろう。

幸せな思い違いかも知れない。どこまで遡っても今と同じ空虚《くうきょ》な自分しかいないのではないか？

確かめてみようと思った。死ぬのはそれからでも遅くないはずだ。

もし本当に虚《うつ》ろな自分しかいないのならば、このまま描けずに終わるだろう。その時に改めて絶望すればいい。

期限は半年と律は言った。ここにいるのを許される間、探してみることにした。

第二話　色のない世界

もう七月だ。相変わらず梅雨が続いている。

律は映画を観に出かけて留守だ。

六月の終わりにここに来てから、沙保はほとんど外出していない。出かけるにしても日が暮れてから、一人で堤防の上を散歩したり近くのコンビニに出かけたりする程度で、人の集まるスーパーや商店街には近づかないようにしていた。

この土地に自分を知る人などいるはずがない。自意識過剰《かじょう》だとは分かっているが、もし誰か知り合いに見つかってしまったらと思うとつい二の足を踏んでしまう。

理由はそれだけではなかった。律の隣に並ぶ自信がないのだ。コミュニケーション能力が高い律は知らない人とも気安く話す。店先でのちょっとした会話なども鮮やかだ。そんな時、沙保は後ろで律に隠れるようにして立っている。何度か、沙保が律の娘と間違われたことがあった。大抵の人がそう思っていそうなのが沙保はたまらなく苦痛だった。律に申し訳なく思うのだ。

律はおしゃれで格好いい大人の女性だ。自分をよく知り、似合うものを身につけている。律に限って服選びを間違えたり、ファッションで失敗することなんてないだろう。なのに、その隣にいるのが自分なのだ。

ここへ来てから、沙保は量販店で地味な色合いの服を何着か買った。おしゃれもこだわりも何もない。「普通」の中に埋没するための服だ。

律に服を見立ててもらえればどんなに素敵だろうと思うが、そのために着ていく服がない。みっともない自分が隣に並ぶことで律のファッションを台無しにしてしまいそうで嫌だった。

大阪は人情のある街だと聞いたことがある。言い換えれば、平気で他人の事情に踏み込んでくる厚かましさのことではないかという気がして、沙保は苦手意識を持っていた。

だが、意外にもこの街の人はあまり他人に干渉しないように思われる。それは大阪全部に言えることなのか、この街の特性なのかは分からない。

風が吹くのだ。

この街は常に強い風が吹いている。海に面し、複数の川に囲まれた立地のせいもあるだろう。住んでみて分かったことだが、西の外れに物流倉庫などが集まっている。だから幹線道路を走るトラックやトレーラーが多かった。郵便を始め、日本中から荷物が集まり大阪中へ配送される拠点になっているらしい。もちろんその逆もあるし、海外向けのコンテナもよく見かけた。それらの荷物を積んだ大型車が風を巻き上げ道路を東西に走り抜けていく。

この街は通過点なのだと思った。

そんな風が住んでいる人々の気質にも影響するのかも知れない。どこかからっとしていて、過剰な干渉をしない。それでいて冷たいわけではなくて、困っている人がいれば手を差し伸べるし、みなが優しい。ちょうどいい距離感を心得ているのだという気がした。

まるで律のようだと思う。

律もやはりこの街に住む人の距離感を気に入っているようだ。

彼女はこの街に相応《ふさわ》しかった。

けれど、自分は何処《どこ》まで歩いても誰かと交わることはない。

孤独だった。

沙保には時折、自分のことを人間の振りをしている何か異質なものではないかと思うことがある。

物心がついた頃から世の中は謎ばかりだった。

女の子だからピンクが好きでしょうと言われても、何故そう思われるのか不思議で首を傾げた。男の子と女の子で遊びが違うことも、望ましいとされる振る舞いが異なることも理解できなかった。

自分の頭には何故ピンク色のリボンがついているのか？　それは普通であることが一番の幸せだと信じる母によって結ばれたものだったが、沙保にとっては異物でしかない。だからといって外してしまうとそのまま砂場の隅に置き忘れて、帰宅後、母にひどく叱られる。結局、この頭にくっついているリボンは何のためにあるのだろうと考えながら違和感が募《つの》るばかりだった。

幼稚園《ようちえん》でいつも首を傾げている沙保を先生方は「良き方向」へ導こうとしたようだが、結局、分からないことは分からないままだった。

謎はずっとついて回る。やがて巨大化し、どんどん沙保を圧迫していった。

小学校高学年になると、クラスメイトたちの興味は異性になった。

異性？　異性って何だろうと考える。異なる性だというのは字を見れば分かるし、第二次性徴とか何とかで男女で体つきが変わってくるのも見ていれば分かる。

生物に男女、雌雄、二種類が存在するところまでは分かるのだが、自分が女性というカテゴリーに属することに違和感があった。では男になりたいのかというとそれも違う気がする。

性の区分が明確になるのと同時に、みなが一斉《いっせい》に異性に対する恋愛に向かってしまうのは何故なのか、そこも分からなかった。

生物の本能として種《しゅ》の保存があり、そのために生殖をする必要があるのは学校で習ったから知っている。だからこそ男女が惹かれ合い、恋愛に至るのだと頭では分かるが、どうしても当事者になれない。

誰々君がかっこいいとか、誰と誰が付き合い出したとか。そんな話をする時、周囲の女の子たちの顔は一様に高揚して見えた。

漫画《まんが》やドラマだってそうだ。クラスメイトたちが勧めてくれる漫画の主人公は恋に悩んでいた。休み時間や放課後は人気漫画の話で持ちきりで、みんな切ない展開に胸を痛め、ハッピーエンドを自分のことのように喜んでいる。

どれほど切なくても沙保の胸は痛まなかったし、ハッピーエンドにもふうん、そうなのかと思っただけだ。

自分は感情が壊れているのかとも思ったが、飼い犬が車に轢《ひ》かれて死ぬ話には胸が痛んだのでそうでもないらしい。

首を傾げているうちに、沙保の住む世界はいつの間にか恋愛や異性を好む人たちで埋め尽くされてしまった、と感じた。

自分以外の人間が全員ゾンビになったとしたらきっとこんな気分になるだろうと思う。だが、そんなのは前段階に過ぎなかった。

ある日を境に何もかもが一気に悪くなったのだ。

小学校五年の時、初潮《しょちょう》を迎えた。

学校で教えられてはいたが、実際に当事者になってみると、恐ろしく厄介なことだった。

自分の体内から血が出るのだ。

何となく血を薄めた、たとえば桜のシロップみたいなさらっとしたピンク色の液体が出るのだというイメージを抱いていたが、実際には鮮血以外の何物でもなかった。

もし怪我《けが》でこんなに出血したら大騒ぎだろう。それをナプキンに受けて、トイレの個室でひっそりと始末するのだ。

「おめでとう。これで沙保ちゃんも一人前の女性の仲間入りね」

母にそう言われた。

「おめでとう?」

ぼんやりと繰り返す。

母はデパートで買って来た赤飯《せきはん》のパックを温めようとしていた手を止めた。

「そうよ。学校で習ったでしょう？　生理が始まったってことはお母さんになれるってことなの。沙保ちゃんは今日から大人の仲間入りをしたのよ」

本能的に嫌だと思った。

「今までみたいに自由にはできないかも知れないわね。色々と気をつけないと。特に男の子との付き合いは慎重にね」

慎重？　慎重な男の子との付き合いって何だろうと考える。

その頃既《すで》に周囲の男子たちは子供の頃と同じではなくなっていた。

中身が入れ変わったはずもないと思うのに、照れたような態度や周囲の男子たちの冷やかす声に、目に見えない線が引かれているのを感じることが多くなった。幼い頃に遊んでいたみっくんやりゅうくんとは別の生き物のように思えるのだ。

生理が始まることで大人の仲間入りをしたのなら、自分も周囲の人たちと同じように恋愛や異性に心躍らせるようになるのかと思ったが、そんなことにはならなかった。

逆に面倒な事が襲ってきた。

クラスには先に生理が始まった女子が何人かいて、謎の作法のようなものができ上がっていた。たとえば生理用品を可愛いポーチに入れて、休み時間にトイレに行く際には男子からそれが見えないように他の女子がガードするとか何とか。

家にあった封筒に適当に放り込んで持ち運ぼうとした沙保は放課後の教室で女子たちに囲まれて、説教された。

「ちょっと月島《つきしま》さん。もっと可愛くしなよ。せめてポーチぐらい使いなよ」と言うのだ。

何故？　と訊くと、皆返答に困っている。ようやくリーダー格だった一番大人びた子が「だってうちらがちゃんとしないと、これから始まる子たちがいいことだって思えないじゃん」と言い出し、皆が一斉に頷いた。

「いいことなの、これ？」

「当然でしょ？　これからうちらはどんどん綺麗になるんだよ？　その始まりの印だってママが言ってたもん」

綺麗になるのかあと思った。汚いよりは綺麗な方がいいかも知れないが、沙保はクラスメイトたちが憧《あこが》れているアイドルの女の子やティーンモデルなんかにも興味がなかった。あんな風にメイクをして「カワイイ」表情を作ってポーズを取る自分の姿がまるで想像できない。

「ねえねえ、ポーチ買ってもらえないの？　それかママのお下がりをもらうとかさ。何でなのよ。服はいつもそんなに可愛いのに」

更に詰め寄られた。

服が可愛いのは母がそれしか許さないからだ。母は過剰なまでに可愛い服装を沙保に強いた。

『これは矯正《きょうせい》よ』と母に言われたことがある。

ずっと強制だと思っていたが、ある日矯正だったのだと気がついた。

沙保の母は沙保が正常な枠からはみ出すのを恐れており、どうにか矯正して普通の枠に組み入れようとしていた。

「ポーチかあ」

封筒と何が違うのだろうと考える。確かに茶色の封筒は可愛くはないが、生理用品を剝き出しにして歩くよりはいいはずだ。

そもそも沙保はピンクやラメ、キャラクターの描かれた小物類があまり好きではなかった。他の女子みたいに「えーっ可愛い！」なんて高い声が出ないのだ。

「可愛いよね」棒読みながらもそう言えるようになったのは集団には力学とでもいうべきものがあるのだと学んだ後だ。

みんなが可愛いと言うものは可愛いのだろう。うまく賛同しておかないと集団から浮いてしまう。自分だけゾンビじゃないことを気づかれてはまずいのだ。実際にゾンビに齧られることはなくても、何あの子、変だよねと陰口を言われるのは確実だった。というか散々言われて来た。

でもあまりうまくいかなかった。

「可愛いね」と鸚鵡《おうむ》のように返してはみても棒読みを誤魔化す技量も情熱もなかったからだ。心がないのは割と簡単に伝わってしまうものらしく、他の女子たちは毎回、何ともいえない顔になっていた。

そんな下地があったところに、そもそも他の女子によるガードなんて、そんな特別扱いをするから余計に男子の注目を集めるのではないかと言ってしまった。

生理用品は本当に男子から隠さなければいけないものなのか。体育を見学する女子を見てこそこそと何か言っては笑い合っている男子を見れば何も隠せていないのではないかと思ったのだが、このせいで、沙保は完全に孤立することになった。

初潮から数えて何度目だったかの生理の際に、薄いピンクのスカートの後ろを汚して帰ったことがある。

クラスメイトが騒ぐこともなかったから、きっと下校時に発生した事態なのだろう。沙保は自分の状態に気づいておらず、自転車に乗った知らないおばさんに指摘《してき》された。

「お姉ちゃん、家は近いの？　えーと、どうしよ。おばさんのパーカー貸してあげようか」

声を潜めて言う彼女は自分の羽織《はお》っていたパーカーを脱ぎかけていた。

指さされたスカートはピンクのフリルが沢山ついた可愛いデザインで、沙保自身は大嫌いだったものだ。スカートの布を引っ張って前に寄せ、自分の後ろ姿が大怪我をした人みたいになっていることに気づいて血の気が引いた。自分には似合わない可愛いスカートに血の丸いしみ。このまま地面に吸い込まれて消えたいぐらい恥《は》ずかしかった。

「今日は急に始まっちゃった？　びっくりしたよね。余計なお世話かもなんだけど、今度から生理になりそうな時はもうちょっと色の濃い、黒とか紺とかの服にした方がいいよ」

見知らぬ人からパーカーを借りるなんてとんでもない。また母が不機嫌になるに決まっている。

『すぐにお礼に行かないと。ああ、もう厄介な子ね。こういう親切をして下さるのはいいけど、こっちだってそれなりのお礼をしないと非常識だって言われるんだから。向こうだって分かってるでしょうに』

いもしない母の声が聞こえてくるような気がして、沙保は慌てて親切なおばさんに頭を下げた。

ランドセルの肩ひもに邪魔されながら懸命に手を後ろに回してスカートを隠し（でも、きっと何も隠れていない）家まで走った。ランドセルの中で筆箱や教科書が飛び跳ねてかたかた音を立てる。重みで肩や首が締まるし、お腹はずっと痛い。生理は急に始まったのではなかった。もう三日目だ。第一、自分は好きでピンク色の可愛い服を着ているのではない。何もかもが最悪だった。

玄関に飛び込んで後ろ手に扉を閉める。迎えに出てきた母親は沙保を見下ろし「あら、失敗しちゃったの」と冷たく言った。

「すぐにしみ抜きしなきゃ。血の染みなんて残ったら台無しよ。こんなに可愛いスカートなのに」

彼女は沙保から剝ぎ取るようにスカートを脱がせ、洗面所で洗い始めた。

洗面ボウルに溜《た》めた水にスカートの生地から染み出た血が拡がる。水はたちまち赤く染まり、鉄錆のような臭いが鼻をついた。

スカートがなくなったので沙保は短いスパッツ姿のままだ。お尻のあたりに濡れた感触があり、思わず手を当てると指先が赤くなる。

洗面台が塞がっていて手を洗うことができない。沙保はその格好のまま、指についた血液が固まっていくのを見ていた。

ごしごしと力任せにスカートをこする母の後ろ姿にどんどん不機嫌さが増していく気がした。何か言わなければいけないと焦る。

「あの、あのね、ママ。生理の時は黒とか紺とかの服の方がいいんだって」

後から思えば、母がそんなことを知らないはずがない。ただ、沙保はせめて生理の間だけでも「可愛くないわよそんな服」と母が言下に否定するシンプルな洋服を着られるのではないかと期待してしまった。

母が振り返る。勢いに洗剤の泡が飛んだ。

母の形相に沙保はまた自分が間違えたことを知る。

家でも学校でも沙保は相手の期待から外れた答えを返して、相手を戸惑わせたり怒らせたりしてしまう。

「何よそれ。誰がそんなこと言ったの。何を着ようと沙保ちゃんの勝手じゃない、ねえ？　ちっとも気にすることないのよ。その人やっかんでるの、あなたがあんまり可愛いから」

そんなはずがない。あのおばさんは親身になって言ってくれたのだ。反論したかったが、母は口を挟む隙《すき》を与えない。

「沙保ちゃんは女の子らしいピンクが似合うんだから。なんでそんな黒い服を着なきゃならないの。気をつければいいだけよ。あ、分かったわ沙保ちゃん、あれでしょう？　あなたまた乱暴なことしたのね。あれほどいけないと言ったのに」

「そんなことしてない」

母は沙保の身に覚えのないことを決めつける。聞く耳を持とうとしない母に悔しくなって唇《くちびる》を噛む。

「嘘おっしゃい。どうせまた男の子に混じってサッカーしたりしたんでしょ。どうして言うこと聞いてくれないのかしら。生理中にそんなことしたら失敗するに決まってるじゃない。ああもう。ママ、イライラするわ。あなたは女の子なの。男にはなれないのよ」

ナプキンの異物感は恐ろしい程だ。足の間にぶ厚い紙の束を挟んでいるようで、どうしてもがに股加減の変な歩き方になってしまう。サッカーなんてできるわけがなかった。

「……ごめんなさい」

「そうよ。最初からそんな風にしおらしくしておけばいいのよ」

沙保の謝罪に母はたちまち機嫌を直し、「お洗濯が終わったらおやつにしましょうか。今日は沙保ちゃんの大好きなカップケーキを焼いたの。可愛くお花のデコレーションをしちゃおう」

カップケーキなんか好きじゃなかった。お花のデコレーションもない方がいい。

それでも沙保は母の言葉に逆らうことができなかった。どんなに納得がいかなくとも、必ず頷かなければいけない。そうすれば母は優しくなるのだ。

これは一体誰の人生なのだろうと考えることがある。

自分は間違えて、他人の人生に入り込んでしまったのではないかと思うのだ。

目の前に枠が見える気がする。

女の枠、しかも「正常な」女が属する枠だ。子供の間は多少はみ出しても許されるが、生理が始まったらもうダメだ。枠の中に入ることが強制される。母を先頭に、世の中のすべてが自分を枠の中へ押し込もうとしているように感じた。

中学に上がると沙保はますます孤立するようになっていった。

女子なのに、何故恋愛の話に乗ってこないの？　なんで男の子に興味がないの？　結婚に夢見ない？　マジで？　どっかおかしいんじゃないの？

気がつくと、あの子変だよねとひそひそ言われ、遠巻きにされている。

一度孤立してしまうと、遠慮なく攻撃される。周囲に合わせることができないことは悪なのだ。そこへもってきて容姿が可愛いとか、男の先生が贔屓《ひいき》したとか、沙保からすればどうでもいいようなことが積み重なって、雪崩《なだれ》みたいに襲いかかってきた。

楽になるには自分もゾンビになるのが一番だ。沙保は懸命に周囲を真似《まね》た。

好きでもない恋愛話に参加して、好きでもない男の子に恋をした振りをして、ちゃんと枠にはまった女である振りをした。

ある日、鏡を見て愕然《がくぜん》とした。そこに映っていたのは不気味な笑いを張りつけた、表情のない醜いマネキンみたいだったからだ。

沙保は自分がどういう人間なのか分からなくなってしまっていた。

どんな時にどう答え、どう振る舞うべきか。周囲の顔色を窺《うかが》いながら正解を探すばかりだ。本当のお前はどう思うのか、訊いても答えは返ってこない。自分には自分がない。核となるものがないのだと知った。

一度自覚すると学校に行くのが恐ろしくなった。中身がないのを隠して人の真似をしてみたところで、何時間も何日もボロを出さずにいられるわけがない。

すぐに違いを見抜かれて、キモいだの暗いだのと嗤《わら》われ、教室を追われるに決まっている。

それでも母と二人でいる家も沙保にとっては安寧の場所ではなく、学校に行かざるを得なかった。保健室だけが居場所だった。

高校は同じ中学からの進学者がほとんどいない遠くの学校を選んだ。

沙保がしたのは徹底的な擬態だ。

「普通の」と一口にいっても、よく見ると教室の中には様々な人間がいる。

陽キャ、陰キャ、いじられキャラ、やんちゃ系、オタク――。

沙保だけではないのだ。多かれ少なかれみんなキャラクターを演じているのだと気づいてからはずいぶん楽になった。

沙保は物静かで控えめな大人しい生徒を演じることにして、それなりに擬態できていたと思う。

だが、擬態は擬態だ。沙保は相変わらず女の枠に違和感を持っていたし、恋愛が分からないままだった。無理に男子生徒と付き合ったこともあるが、結局は周囲の子たちの真似に過ぎなかった。

誰のことも好きになれない。

沙保は母親の思い通りの女性にはなれなかった。

女子大に進み、いい大学を出ていい企業に勤める彼を早めに捕まえるのが一番なのよと彼女はずっと言っていた。

「あなたはお家に入るといいわ。そんなに生理がひどいんじゃね。女性の社会進出ですって？そうね、そんな人もいるわね。あら、ママだって否定はしないわよ。能力がある人はそうすればいいじゃない」

そういう彼女の言葉には蔑《さげす》みに近い色が混じっている。共働きをしなければ生活できない人たちを気の毒ねと言った時と同じ色だと感じた。

「でもね。お家を守るのも立派な仕事よ？　男の人だって本心じゃ共働きなんて望んでないの。奥さんや子供を養える稼ぎのある人はわざわざ家事を分担したいなんて思わないわ。沙保ちゃんみたいにこれといった能力もない女の子は早くいい彼を捕まえないと他の人に取られちゃう」

それが何よりの女の幸せなのよ――。母は何度も沙保にそう言って聞かせた。

だが、沙保は女子大には進まなかった。

どうしてもやりたいことがあったからだ。


沙保は子供の頃、絵を習っていた。コンテストに入選したのを機に近所の老画家が開く絵画教室へ通うことを許されたのだ。

絵画教室は楽しかった。色んな年齢の人がいてそれなりに居場所もあった。

しかし、沙保が中学の時に老画家は教室を閉じてしまった。

高校では美術部に入ったがやはり人間関係がうまく行かず、結局家で一人、絵を描いていた。

芸大や美大を受験するには画塾と呼ばれる美術予備校に通わなければ合格が厳しい。出題される実技課題のレベルが高く、少し絵がうまいぐらいでは及ばないのだ。

母は芸大受験には絶対反対だった。沙保は高一の終わりから必死に説得したし、ハンガーストライキもした。ただ友達と食べて来たから夕食はいらないという言い訳が通ったのは二日目まで。三日目には沙保の思惑《おもわく》は母の猛烈な怒りと嘆《なげ》きで封じられてしまった。

「あなた何様のつもりなの？　あなたにそんな権利があると思ってるの？　親の言うことを聞くのが子供のつとめでしょう」

母の常套句《じょうとうく》だ。切り札ともいえる。このカードを出されると、沙保は全身が硬直したようになって何も言い返せなくなった。

受験の日まで家で課題を猛練習したものの画力が足りないのは明白で、沙保は第一志望の芸大も第二志望の美大にも落ちた。

母の母校でもある女子大を受験するよう言われ、願書も取り寄せていたが、提出したふりをして出さなかったのはせめてもの抵抗だった。当然母は怒り狂ったが、後の祭りだ。

浪人して芸大を目指すつもりだったが、母が許さず、結局、父の助言で美術系の専門学校に進むことになった。第一志望ではないものの、沙保にとっては小さな勝利だった。

「専門学校なんてねえ。やっぱりいい大学を出た男性に選ばれるには大卒じゃなきゃ」

母は沙保の顔を見る度、愚痴《ぐち》る。

彼女は名門といわれる女子大の出身だ。

内部進学組の名家の令嬢たちと外部から受験を経て入学してきた学生の間には埋めがたい溝があるらしく、外部生だった母は生粋《きっすい》のお嬢様たちにコンプレックスを抱いているようだった。

沙保を小学校から受験させようとしたが、あまりにも娘が思い通りにならず、また夫の理解も協力も得られず断念していた。

『こんな山猿《やまざる》のような娘では恥ずかしくて受験もさせられないわ』と言うのが当時の彼女の口癖だった。

この頃から、父はあまり家に居着かず、夜遅く帰宅して早朝に出勤し、休日も接待だ付き合いだと出かけるようになっていた。

母は「この程度の男」としか結婚できなかったことを嘆き、資産家やエリートと結婚した令嬢たちに対するコンプレックスを募らせている様子だった。

結局、沙保については高校までは視野を広げるためという名目で公立に通わせ、女子大を受験させようと考えていたようだ。

何故、男に選ばれるために大学を卒業する必要があるのか、沙保にはまったく理解できなかった。

専門学校の入学式、他の生徒の個性的なファッションを見て、母は露骨に顔を顰めた。

「何なのあれ、醜い。親御《おやご》さんもよく許してらっしゃること」

沙保から見ればセンスがいいなと思える先鋭的な服や髪型、個性的なメイクを彼女は醜いと切り捨てた。

「あんなのに汚染されたら女子大に入った時に周りのお嬢さんやOG、先生方からどんな目で見られるか」

折に触れて言い出す母は、専門学校に通いながら翌年に再度女子大受験をさせる目論見《もくろみ》があったようだが、沙保にはそんなつもりは一ミリもなく、ただ絵を描きたかった。絵さえ描ければそれでいいと思っていた。

入学して半月もすると、周囲の子たちは自分らしいファッションを一層主張するようになった。そんな中、沙保だけが母の好む清楚《せいそ》で可愛い服を着て、目立ちすぎないメイクに好感度の高い髪型をしていた。

　惨めだった。

　もっとも、それで孤立するようなことはなかった。他にも地味な生徒はいたし、それも一つの個性と見てくれる度量が彼らにはあったのだ。

　本当は沙保だって、他の子たちみたいに個性的なファッションで歩きたかった。原色やモノトーン、奇抜なシルエット、鋲《びょう》や鎖《くさり》、赤や緑、銀色の髪。そこには男も女もなかった。

　自分もあんな格好ができたらどんなにいいだろうと思う。しかし女子大を受験しなかったことで母との関係は最悪だ。その上、母が嫌う服装を選ぶなど許されることではない。

　それでももう我慢ができなくて、アルバイトで得たお金で憧れていた服を買い、駅ビルのトイレで着替えてみた。メイクは不慣れであまり上手にできなかったが、ウィッグをかぶると別人だった。恐る恐るその姿で学校に行くと、皆が変身ぶりを驚き、褒めてくれた。

　そんな中に坂井藤乃《さかいふじの》がいた。

　藤乃はゴシック寄りのファッションやメイクを好み、長い黒髪で顔の大半を隠している。自称「変わり者」だった。

「俺は変わってるからさ」

　彼女の一人称は俺だった。

　あけっぴろげな性格で、男の子と下ネタなんかも平気で話す。わざと乱暴な物言いをしているようなところがあった。

　だが、親しくなってみると藤乃は意外に繊細《せんさい》で傷つくことを過剰に恐れているのではないかという気がした。

「恋愛ってのが分からないんだ、私」

藤乃と出会ったかなり早い段階でこう告げていた。片思いの苦しさや失恋の辛さを誰かから訴えられても、相変わらず沙保には実感が湧かなかったからだ。何故、彼女たちはそんなことで悩むのか。何故、そんなことで食事が喉を通らなかったり勉強が手に付かなくなったりするのか。まったく分からない。

沙保を置き去りにして交わされる少女たちの恋の話がお経のように思える。かつて誰かのお葬式《そうしき》で聞いたことがある。あの時と同じだと思った。意味の分からない言葉の羅列《られつ》が音楽みたいに通り過ぎていくのだ。

もし藤乃が愛や恋の話を始めたとしても自分は何一つ気の利いた答えを返せないだろう。一大決心をして告げた沙保の言葉に藤乃は「やったあ」と拳《こぶし》を突き上げた。

「最高じゃん、沙保。恋愛なんてくそったれだよ。いいねいいね、すごくいい」

藤乃は大喜びだった。彼女が何をそんなに喜んでいるのかよく分からなかったが、理解者を得たことが嬉しかった。

「俺たちさあ、将来ばばあになってもずっと友達でいようよな？　そうだ。一緒に住もうよ」

なんて言っていたのだ。

思えば小学校から中学、高校までずっと一人で歩いてきた。ここに来て、ようやく仲間に会えた気がして心の底から嬉しかった。

二人で色んな話をして、色んな場所へ行った。クラブ、奇妙な物を集めた美術館や博物館、怪しげな雰囲気のカフェやダークなイベント。自らを変人と呼ぶ藤乃はアクセサリーを始めとした装身具や持ち物、音楽などに関しても病的なものや歪なものを好んだ。わざと露悪的に、皆が戸惑うようなものを選ぶのだ。

藤乃は誰にも侵されない自分の世界を持っている。そんな藤乃を羨ましく思いながら、沙保はあれこれ迷った挙句、結局無難な選択に落ち着いてしまう。

ある時、藤乃に言われた。

「沙保ってあんまり自分を主張しないよな。笑い方も何か曖昧だ。そんなだったら笑わない方がいいんじゃないか？」

珍しく苛立《いらだ》ちが含まれた声だと感じた。

「えっ、そうかなあ」

間延びした声で答えながら、沙保は内心、動揺していた。

「あんたみたいに可愛い顔だったら何の苦労もないだろうに」

小さな声で呟かれた言葉はあまりにも藤乃らしくなくて、何と答えればいいのか分からない。

戸惑う沙保に藤乃ははっとしたようだ。

「でも、あんたはその歪さが面白いよな」

いつも通り、あっけらかんと言う。

「透けて見えるものがね、すごく歪なんだよ」

「歪？」

「沙保はね、パステルカラーのヨーヨーなんだよ。薄い可愛いピンクのさ。でも中に満たされてるのは透明《とうめい》じゃなくて澱《よど》んだ黒い水。醜く濁った闇そのものって感じがする。みんな騙されてラブリーなピンクだと思ってるけど、角度を変えてよく見るとピンクなんて薄い表層に過ぎない、実体はどろどろした混沌《こんとん》って感じだ。きれい事じゃ済まない」

「ええっ、なんかひどくない？」

その場は笑い合って終わったが、少し藤乃を怖いと思った。

この頃、沙保はあれほど好きだった絵を描くことが苦痛になっていた。

技術を学び思い通りの表現ができるようになればなるほど、表現すべきものが何なのか分からなくなっていくのだ。

「月島さあ、君の絵には心がないよね」

ある日、担当の女性講師に言われた。自由課題を提出した時だ。沙保が選んだのは目の前にあるものを写生するのではなく、一から作り上げた世界観を描くイラストだった。

「端正だとは思うよ。デッサンの狂いもないし上手に描けてる。だけどそれだけだ。伝わってくるものがない。君って本当はどんな人間なの？　ちょっと自分の心に聞いてみな」

先生の言う通りだと思った。自分はどこかに中身を落としてきてしまった。

もしあるとしたら、藤乃が言ったヨーヨーの中に詰まった汚物だ。その汚いものを見せないように表面を繕っているのが自分の絵なのだと思った。

こんな空虚な人間に個性なんてあるわけがない。見る人が見れば分かるのだ。そんなものを作品として提出する自分が恥ずかしかった。

クラスには画力はないのに妙に魅力的で一度見たら目を離せなくなる絵を描く子、どこからそんな発想が出てくるのだろうと驚くような構図を生み出してくる子もいる。

彼女や彼らに比べて、沙保が描く絵は凡庸《ぼんよう》だった。いつかどこかで見たような絵しか描けない。きっと全部、前に誰かが描いた絵の模倣に過ぎないのだ。

二番煎じ、無個性。自分は本当につまらない人間だと思うと、もうダメだった。

絵だけではない。自分がどこにいってもうまくやれないのは、人間としての中身のなさ、あるいは透けて見えるものの汚さが伝わってしまうからなのだろうと気付いてしまった。

一度そう考え始めると、世の中の人がみんな自分を見て笑っているような気がして外に出られなくなった。

藤乃は何度も連絡をくれたが、満足に返事をすることができなかった。

何もかもが面倒になってしまったのだ。

藤乃がこれまでに口にした些細《ささい》な言葉や何とも言えない視線の意味なんてものが今になって気になり出した。ぐさぐさと突き刺《さ》さってくるような気がする。

何度か学校に行こうとしたこともある。今日こそはと、仕度を終えたものの玄関で靴を履いているうちに色んな場面が思い出されて段々気が重くなっていく。第一、どれほど技術を学んでも自分には描くべきものがないのだ。一体何をしに行くというのだろう。

通学途中で着替えるための服やメイク道具を入れた紙袋がとてつもなく重く感じる。何よりも今更藤乃にどんな顔で会えばいいのか分からなかった。やっぱり無理だと思い、靴を脱いで部屋に戻ろうとする沙保に母が勝ち誇ったように言う。

「ほうらね、言ったでしょう。だから女子大に行きなさいって言ったじゃないの。ちょっと絵がうまいぐらいじゃダメなのよ。イラストレーター？　そんな水商売みたいなもので食べていけるもんですか。そういうのは一握りの天才だけに許されてるの。あなたみたいな中途半端な子はね、常識の中で暮らすのが一番。ママはあなたのことを考えて言ってるのよ。きちんとした旦那様とちゃんとした家庭を築くこと。それがあなたの幸せよ」

家にいる限り、日に三度、母の用意した食卓に着かなければならない。息ができず、それ以外の時間は部屋にこもって逃げ場ばかり探していた。

もうこれ以上こんな暮らしをしていてはだめだ。何とか変わらなければと思う。次々に現れる否定的な考えやいやな記憶を振り切って、どうにか外に出たのは三ヶ月後だった。

途中の駅トイレで服を着替えて鏡を見たら、滑稽なほど顔色が悪く、主張の強い服ばかりが浮いて見えた。こんな時に似合うのはもちろんピンクのふわふわした服でも何でもない。きっと地球上で一番目立たない色の目立たない服だ。大勢の人の群に埋没して「普通」でいられたらどれほど楽なのだろうと思う。

それでもどうにかメイクを済ませ、ようやく学校に辿り着いた時、藤乃の姿はどこにもなかった。

「えっ、嘘。月島、坂井の話知らないの？」

藤乃と結構親しく、時に沙保を苛つかせた女子に訊くと、信じられないという顔をされた。意味が分からず、ただその子の睫毛に載った赤いマスカラを見つめていた。

「坂井、学校辞めたんだよ？　えーっ、ちょっと待って待って。ヤバくね？　あんたたちあんなに仲良しだったのに、月島が知らないなんてそんなことあるん？」

横から話に入って来た子に言われ、沙保は呆然と彼女の言葉の意味を反芻《はんすう》していた。辞めた？　藤乃が？　そしてそれを自分は知らされていない？

「な、なんで？」

ようやく出て来た沙保の言葉に、彼女たちは顔を見合わせ、気まずそうに言った。

「坂井、妊娠《にんしん》したんだってさ。もうみんな阿鼻叫喚《あびきょうかん》の大騒ぎだよ。俺、結婚することになったから、って華麗《かれい》に辞めていったんだが」

「マジで知らんの？　月島、知ってるからこそショック受けて学校来なくなったんだと思ってたわ」

気の毒そうな、それでいて好奇心を抑えきれないような彼女たちに沙保は自分の顔から表情が抜け落ちていくのを感じていた。

高い梯子《はしご》を登っていた。天に登ろうとしていたのか、屋根に登って星に手を伸ばそうとしていたのか知らない。でも今、気がつくと梯子を外され、どこまでも墜落《ついらく》していくような気がした。

藤乃からのメッセージに返事をしなくなったのは確かに自分の落ち度だ。だからといってこんな大事なことを教えてくれないなんて。怒りと驚きで頭が働かない。だが、冷静になると悪いのは自分だと感じた。多分、藤乃は沙保に知らせようとしていたのだ。なのに扉を閉ざしてしまったのは自分の方だ。

その後、藤乃とは二度会った。

一度目、待ち合わせに指定されたのはこれまで二人では入ったことのない「普通」のカフェだった。アメリカ発祥《はっしょう》でソファ席があり、ノートパソコンやタブレットで仕事をしている人の多い場所だ。当たり前の世界に背を向けるのが自分たちらしいと思う気持ちがあり、これまでは来たことのなかった店だ。

藤乃は服装こそ変わらないもののメイクも控えめで、黒いネイルなんてものもなく、前髪も短くなり、ただのおしゃれな人みたいになっていた。

「びっくりしたっしょ。ごめん。ちゃんと話そうと思ったんだけど」

「あー、ごめん。私がちゃんと返事しなかったからだよね。ちょっと病《や》んでて……」

病んでいたなんて簡単な言葉で片付くようなものではなかったが、こんなにも健全な場所で自分の葛藤を説明するわけにはいかないし、重い話をして藤乃に負担をかけたくなかった。

藤乃は自分の負の部分を言葉に出したりしない。もしかすると最初から負の部分なんてなくてその必要がないのかも知れない。それなのに自分だけヨーヨーの中のどろどろをぶちまけるなんてことはできなかった。呆《あき》れられるか離れていくか。それ以前に自分で自分が理解できなくて、説明のしようがない。

「ホントにびっくりした。藤乃に彼氏がいたなんて聞いてなかったから」

もっと強く詰《なじ》りたいが、そんな勇気はなくて、半分おどけたように言った。

「それがさ、本当に突然降って湧いたんだよね彼氏」

でもそれは沙保が学校に行かなくなるより前の話のはずだ。そう指摘すると、藤乃は以前のようにわざとらしい仕草で頭を掻《か》いてみせた。

「だあって、あんた恋話《コイバナ》嫌いだって言ってたじゃん。あっちは私にとっては別の世界の話だし、ま、別にいいかなと思ってたんだよね」

私？　もう俺ではないんだなと思った。

「それが別の世界じゃなくなったってこと？」

あーそうだねと藤乃は照れくさそうに笑った。その笑顔に沙保は違和感を感じた。藤乃がこんな風に笑うのをこれまで一度も見たことがなかった。いつも片頬を上げる皮肉《ひにく》な笑い方をする人だと思っていたのだ。

「相手はどんな人？」

聞きたくもなかったが聞かなければいけないのだろうと思って訊いた。きっと、沙保みたいに変じゃない普通の子たちは訊くに決まっているから。

「ごく普通のサラリーマンだよ」

藤乃の答えに落胆《らくたん》した。まだクラブ経営とかユーチューバーとかの方が藤乃の相手には相応しい気がする。

「絵はどうするの？」

藤乃は誰よりも絵がうまくて先生方の期待を一身に背負っていたのだ。非難がましくならないように言ったつもりだったが、言葉から棘《とげ》を隠すことには失敗した。

「あーそうだね。主人も当分は家で好きにしてたらいいって言ってくれてるし、落ち着いたら描こうかと思ってる。絵本とかも描いてみたいんだ」

「うわ。主人とか言っちゃうんだ」

冗談めかして言ったが、主人という言葉に沙保は自分でも驚くほど衝撃を受けていた。まさかあの坂井藤乃がそんな言葉を使うなんて夢にも思わなかった。

これは悪夢なのだろうかと思った。

助けを求めるようにこれまで入ったことのなかったカフェを見回した。けれど、そこは自分とは異質な空間だった。まっとうに働く大人やきちんとした目標を持つ学生たちが醸し出す空気に沙保は店内から押し出されてしまいそうになる。藤乃はもはやあちらの人だった。自分一人だけが恐ろしく場違いなのだ。

目の前の藤乃のファッションは引き算が過ぎる。アクセサリーもほとんどなくなっていた。彼女の指にはこれまでの赤や紫の大きな石が嵌まったアンティークの指輪の代わりに小さなダイヤモンドがついたプラチナの輪っかが嵌まっていた。

「それって婚約指輪？」

沙保の問いに藤乃は嬉しそうに二人で指輪を買いに行った際の話を聞かせてくれた。

これまで藤乃が纏っていた飾りが次々に剝がれ落ちていく。

「沙保には悪いけど、もう子供じゃないから、夢の時間はおしまいにするよ」

それが彼女の訣別《けつべつ》の言葉だった。

◆

また生理が近付いてきている。何もかもが億劫だ。

食事は要らないと言うと、律は少し表情を曇らせたが、あらそお？　と言っただけでそれ以上は追及してこなかった。

二階の自室でマットレスの上に転がっている。

生理前から些細なことで苛立つのは確かだが、それを表に出すようなことはしない。自分の本心を抑えているのが常態だ。苛立ちも腹立ちも曖昧な笑顔の裏に隠して生きてきたのだ。

窓を開けていれば自然の川風が入ってくるのでエアコンは極力使わないようにしていたが、夕方近くになると窓越しに差し込む西日のせいで部屋が赤く染まり、暑さに耐えきれなくなる。だからといってエアコンをつけると、身体の表面だけが氷のように冷えてしまう。それでいて腹の中心で不浄な火種が燃えているかのようだ。痛いのだ。

眠気はあるのに眠れなかった。それでも無理やり目を閉じて、眠りの中に逃げ込もうとする。だが浅い眠りはすぐに逃げ、痛みが襲ってきた。

こんな風に転がっていると時間の経過が分からなくなる。

沙保が使っている部屋の窓は川に面しているため波音が間近に聞こえる。風が強く吹くこともあって、部屋の外の物音や気配が伝わりにくい。もっとも一日中風が吹いているわけではなくて凪《なぎ》とも呼ぶべき時間があった。嘘のようにぴたりと風が止《や》んでしまうのだ。

風が入ってこなくなるとどんどん室温が上昇していく。

だが、もうリモコンを手に取るのも億劫でマットレスの上で寝返りを繰り返していた。

風に乗って、遠くの踏切の音が運ばれてくる。

カンカンカンと鳴る警報、近付いてくる列車の振動、空気を切り裂くような警笛の音。

通り過ぎる風圧。

そんな終わり方を考えてみた。

ふと歌声を聞いた気がして、身を起こす。

よろよろと立ち上がって窓辺に立つと月が上っているのが見えた。

階段を降り、勝手口から外に出ると縁側から光が漏れている。

見上げると、楽しそうに歌いながら律がごはんを食べていた。

「あら」

「あ、す、すみません……」

邪魔をしたように感じて謝ってしまう。律は面食らったようだった。

「ええっ、なんで謝るの？　丁度良かったわ。揚げ出し豆腐がいい出来なのよ。沙保嬢も一緒に食べない？」

「え、でも……」

「ちょっと待っててちょうだい。すぐにお皿を持ってくるわ」

招かれるまま縁側から室内に上がり、ぼんやりと眺める。

食べ始めたところのようで、一人分の夕食が並んでいた。

テーブルの上に夏らしいリネンのランチョンマットを敷き、揚げ出し豆腐、茄子《なす》の煮浸し、小松菜のくるみ和《あ》え、鰹《かつお》の手こね寿司《ずし》、ミニトマトのコンポートが綺麗なガラス器や塗りの器、骨董《こっとう》市で買ったという色絵皿などに美しく盛られている。

氷で満たしたボウルで日本酒の瓶が冷やされている。ガラスの酒器に注いで飲んでいるようだ。

律は一人で食事をする時でも、こんな風に品数を用意して、美しく整えるのかと感心した。祐貴が出張か何かで一人食事をする際、手の込んだ料理を作ったり、器を選んだことなどない。ただただ億劫で、パンやお菓子で済ませることも多かった。

楽しげな食卓を見ていると、急に空腹を思い出した。

新たに用意された揚げ出し豆腐に、他の料理を少しずつ分けてもらい、食べながらそんなことを言うと、律は華やかに笑う。

「そりゃあアナタ、自分を喜ばせてくれるのは自分しかいないのよ。おいしいものを食べれば気分がいいでしょ。その後ずっとご機嫌になれるんだもの。これぐらいの手間、どうってことないわよ」

自分を喜ばせるなんて、考えたこともなかった。

「でも、律さんは仕事が忙《いそが》しかったんじゃないんですか？」

毎日、こんな風に料理をしていたのかと思ったが、さすがにそれは無理だったようだ。

「平日には出来ない分、休みの日は絶対に仕事のことを考えないようにするのよ。とにかく一日中、自分にとって嫌なことは何もしないの。全力で自分のご機嫌を取るのよ」

「自分のご機嫌？」

未知の言語を聞いたような気がした。

「そうよ。じゃないと何のために生きてるのか分からなくなっちゃうじゃない。とっておきの器を出して、自分だけのために、その日一番食べたいものを作るの」

あまり踏み込んではいけないかと思い、これまで訊いたことがなかったことを、思い切って訊いてみる。

「誰か、たとえばご家族とかに食べさせようとは思わなかったんですか？」

律は驚いたように目を見張った。

「あら、アタシ、家族なんていないもの」

恋人は？　と訊こうとして危うく止めた。

興味なんてないのに、そう訊くのが当たり前だと思わされてきた気がする。

問われた相手は恋人の話や、時にはうまくいかない恋を語って、「で、そっちは？」なんて聞き返す。

それがこの世の礼儀なのだと思っていた。

礼儀を守ることで、自分もちゃんとした枠の中の人間だと示すのだ。

けれど、そんなやり取りはここでは意味がない。律はそんな礼儀を求めないだろうと思いたい気持ちもあった。

「若い頃は友人を招いたりもしてたけど、なんか年を取ると段々それも億劫になってきちゃったのよねえ。結局、一人でいるのが一番気楽でいいやってなっちゃった」

「そうなんですね」

半年の期限はそういうことなのかと思った。やはり自分は招かれざる客で、律にとっては迷《めい》惑《わく》な存在なのだろう。

かといって、出て行くあてもない。

居心地の良さに甘えている。

◆

祐貴を紹介した際、母はこれまでで一番喜んだ。結婚相手として非の打ちどころがなかったからだろう。

一方で、母は沙保が「女子大卒」でないことを心配しているらしかった。

最終学歴は専門学校卒ということになる。母にとっては専門学校は学歴にはならないらしく、そんな低学歴で（母は平気でそんな言葉を口にした）「ちゃんとしたお家」に受け入れられるか、あとあと苦労するのではないかと気を揉《も》んでいたのだ。

早い段階で、沙保は祐貴の実家に招かれていた。

彼の家族はエリート揃いだ。大企業で要職にある父、研究者の兄、外資系企業でバリバリ働く姉、そして専業主婦の母だ。

ただ沙保からすると、お母さんが主婦なのは少し意外だった。

彼も家族も先進的というかリベラルな考え方をする。人間の価値に学歴なんて関係ない。大学を出ることよりもそこで何を学んできたかが大事だというのだ。折に触れ祐貴からそう聞かされていたが、実際には彼らは全員高学歴だ。当然、お母さんもキャリアウーマンなのだろうと勝手に想像していた。

祐貴の両親は沙保の学歴も、まともなキャリアがないことも、まったく気にする様子はなかった。こちらが拍子抜《ひょうしぬ》けするほどだった。

「それじゃ沙保さんは結婚したらお家に入って下さると思ってもいいのかしら」

祐貴の母はとても上品で美しい人だ。髪を優雅《ゆうが》に巻き上げ、センスのいいロングのワンピースを着て、お店のようなフレンチを振る舞ってくれながら言った。

「母さん、いきなりそんな。失礼だよ」

たしなめる祐貴に、彼女は肩を竦めた。

「あら、ごめんなさいね沙保さん。でも大事なことですもの。もちろん、女性が外で働くのも素晴らしいことよ？　祐貴の姉もキャリアを積んでおりますしね」

そう言って、彼女はリビングに並ぶ写真立ての方を見やる。そこには子供の頃から現在に至る家族写真や、独立して家を出たきょうだいたちの写真が並んでいた。

「女性が働くなら当然パートナーも家事を半分担うべきよね。祐貴がそのような方と結婚するというならそうすべきです。ただ、できれば祐貴の結婚相手には家庭をきちんと守っていただきたいの。決して女性を下に見ているとかではないのよ、誤解なさらないでね。役割分担ですわ。私も夫が外で存分に能力を発揮できるように子供たちを育て、家を守ってきたつもりよ」

「僕もできる限りお手伝いはしたつもりだけどね」

夫の言葉に彼女は美しい口紅《くちべに》で彩られた口角をきゅっと上げた。

「ええ、よく手伝って下さったわ。でもね、女性が本気で働くならばお手伝いじゃダメなの。甘い親なのかも知れないけれど、祐貴にはできれば仕事に専念できる環境を用意してあげたいと私たちは考えておりますの」

後で祐貴に訊くと、ちょっとばつの悪そうな顔になった。しぶしぶといった感じで話してくれたのは沙保の前に付き合っていた彼女のことだ。大学の同期だった彼女は、祐貴いわく「仕事にかける情熱がものすごかった」そうだ。

とにかく仕事が第一、一定の実績を上げるまで結婚はともかく、子供を産むなんてとても考えられないと言っていたらしい。結婚するなら家事を平等に分担するのは当然、子供ができたら祐貴もかなりの期間、育休を取らなければならないだろう。祐貴の勤める会社では男性の育休取得も推奨《すいしょう》されてはいるが、できることならキャリアを中断したくないというのが彼の本音だった。

「その人とはそれが原因で別れたの？」

沙保の問いに祐貴は少し考えるような素振りを見せた。

「まあ、魅力的な人ではあったんだよ。付き合ってる分には刺激的だし。でも、結婚となるとまた話は別じゃない？　結婚は生活なんだから、刺激的なだけじゃ続かないでしょう。だからね、僕は沙保ちゃんと出会えて本当に良かったと思ってるんだ。君は家庭的だから。うちの両親みたいにあたたかい家庭を作れるといいなと思ってるよ」

そう言って沙保の頭を撫《な》でている。

見知らぬ誰かの話を聞いているような気がした。顔に出さないようにしているつもりだが、祐貴は沙保の顔色を敏感に見分ける。ただし、それはいつだってまるで見当違いの気遣《きづか》いだった。

「あれ、ごめん。もしかしてやきもち焼いちゃった？」

「別に」

「ごめんごめん。魅力的だとか言っちゃったからな。でも、沙保ちゃんは何も心配することはないんだよ。彼女とは全然、タイプが違うんだからね。ほら、機嫌なおして？　僕は断然沙保ちゃんといる方が安心するんだ」

甘ったるい言葉、とろけるように沙保を見る顔。

自分は彼に愛されていることを喜ぶべきなのだろうと頭では分かっている。

だが、どうしても考えてしまう。自分がこの先、祐貴の前の彼女のように、仕事に打ち込む姿を魅力的だとか、刺激的な存在だとか言われることは絶対にあり得ない。

それを不服に思うのは間違っている。自分に能力がないだけだ。何の努力もしてこなかったのだから当然だった。

頭では分かりながら、身の内から正体の分からない何かがほとばしり出るような感覚に襲われる。

獣《けもの》のように吠《ほ》え、世界に向けて吐き出したくなる。自分の中にそんな側面があることが自分でも驚きだった。

もし、そんな風にできれば何かが変わるのだろうか？

反面、何を言っているのだろうと醒《さ》めた目で見ている自分もいる。

自分には中身がないのだ。一体何を叫ぶというのだろうと自虐的《じぎゃくてき》に考えた。

祐貴は猫好きだ。実家にもモカという猫がいて、彼はでれでれしながら構いに行って見事に冷たくあしらわれていた。

祐貴が暮らすマンションはペットの飼育が許されている。猫を飼う気はないのかと訊くと、沙保がいるからいいと返ってきた。

「なんで？」

不思議に思って訊くと、祐貴は驚いたように目を見ひらいた。

「あれ？　気づいてないんだ。沙保ちゃん、めちゃくちゃ猫っぽいよ。猫さまそのもの。気まぐれだし、なかなか懐かないし、手の内見せてくれないっていうか、何考えてるか分からないっていうか」

「え。なんか私、ひどい人みたいだけど」

祐貴の言葉はそれだけ聞けば相当なものだが、彼には沙保を責めるつもりがないどころか、嬉しそうだった。

「だからいいんじゃない。思い通りにならないなあと思ってるとすり寄ってきたりするところが堪《たま》らないんだよ」

可愛くて仕方ないというように目を細めて沙保を見る。

自分は彼にすり寄ったりしているだろうかと、不快に思った。

可愛がられるのも猫扱いされるのも沙保にとっては苦痛でしかない。居心地が悪くなって彼を遠ざけ、トイレに立った。

だが、これはいい考えなのかも知れないとも思った。猫ならば多少距離を取っても、気分次第で気ままに過ごしても許されるかも知れない。

事実、沙保が思い通りに振る舞っても、呆れるどころか、祐貴はそれまで以上に沙保を溺愛《できあい》するばかりだった。

飼い猫になったつもりで過ごしていると、思い出したように沙保の母から連絡が来る。

「祐貴さん、お忙しいかしら？　メロンを沢山頂いたのよ。今度の休みにでも一緒に取りにこない？」

煩わしいと思う。

一度、祐貴が急に遅れることになり、沙保が一人で先に実家を訪ねることになった。

祐貴がいないところでは母は赤裸々《せきらら》に本音を口にした。

「本当にいい人捕まえたわよね。ね、ママの言う通りにして良かったでしょ。一時は沙保ちゃんはもうダメなのかと思ってたけど本当に良かったわ。ううん、ママは分かってたわよ、沙保ちゃんは最後にはちゃんとやる子だって」

ちゃんとやる子って、何をやる子のことなんだろうと思った。猫のように振る舞うことがちゃんとやることなのだろうか。

「別に私は何もしてない。彼が勝手に寄ってきただけ」

「もう、なんであなたはそんな愛想のないこと言うの。それがいいんじゃないの。幸せなことよ。女の子は愛されるのが一番なんだから」

一体この人は誰の話をしているのだろうと思った。まるで自分の手柄みたいに笑う母の言葉はどこか遠く、電線を震わせる風のようにうつろに響く。

どうしたって自分は母の理想の娘にはなれない。無理なのだ。そう思い切ったはずなのに、まだ自分は彼女に褒められたくて、認められたくて、こうして祐貴を母の前に差し出している。まるで飼い主に獲物を見せにくる猫のようだと考え、密《ひそ》かに冷笑した。

獲物を検分し、その価値を認めた彼女は理想の母親そのものだ。優しい母、娘のよき理解者として振る舞う。それは確かに彼女の一面なのだろう。

月の反対側みたいだと思う。

覗き込もうとしてもこちらからは決して見えない。こちらの母は大抵不機嫌だったが、あちらの母はいつも笑顔だ。彼女の理想の彼氏を連れて来た時だけ、月がぐるんと回転して向こうの顔が現れる。

うわべだけ、形を整えて何になるのか。苦々しく思うと同時に、ようやく母に認められたのだろうかと安堵《あんど》している自分もいた。

◆

七月二十日、小さなラジオから、近畿《きんき》地方で梅雨が明けたと見られるというニュースが流れてきた。この家にはテレビがない。沙保はスマホも持っていないので納戸の隅に転がっていたラジオを持ち出し、時々それを聞いているのだ。

朝から晴れて気温が上がっている。梅雨が明けるのを待ち構えていたようにあちこちで蟬《せみ》が鳴き出した。

午前中、ぶらぶらと散歩に出かけたがすぐに後悔《こうかい》した。暑い。蒸し焼きの目玉焼きになりそうな朝だ。早々に洋館へ戻ろうとした沙保は、ぎょっとして足を止めた。

敷地の手前、右手に植わっている木の陰で気配を消して佇《たたず》む。

足が見えたのだ。

緑の匂いが濃い。葉っぱの隙間から様子を窺うと、扉の前に男が座り込んでいた。若い。沙保とあまり変わらない年齢のようだ。

グレーのTシャツにチノパン、地味な服装で眼鏡《めがね》をかけている。脇にはキャリーバッグの上部に寝袋を丸めたらしいものが置かれていた。

待合室のお客さんかと思った。

沙保がここへ来てから、『喫茶待合室』を訪ねてくる人がいなかったわけではない。常連だった人には閉店することが周知されているはずだが、前に一度来たことがあるので立ち寄ったとか、ネットで見て一度来てみたくてなどと言う人がたまに現れる。

その度に律は丁寧に説明していたが、沙保の時のように彼らを招き入れてお茶をふるまうようなことはなかった。しまいに律も面倒になったのだろう。店の入口にあった貼り紙を敷地の外側に貼りかえ、スチレンボードに沙保がマーカーで『閉店』と大きく書いたものを掲示している。そのせいか、最近では敷地の中まで入ってくる人はいなかった。

青年は飛び石の上に座り込んでいる。額に汗が浮かんでいる。

横顔になっているが、表情は暗い。眉が下がり、肩も落ちている。落胆しているように見えた。

青年は空を仰《あお》いでいる。今にも泣き出しそうな顔をしたと思ったら、そのまま手足を伸ばし、地面に横になってしまった。

飛び石の前後左右は小石が敷き詰めてある。それが痛いのか、ごろごろと左右に身体を動かしている。かなり身長が高いようで、すぐ近くまで靴先が伸びてきた。

具合が悪いのだろうか。こんな場合、警察と消防のどちらに電話すればいいんだったかと考えていると、後ろから声がした。

「あらあ、こんなところで行き倒れ？」

律だと思う間もなく、青年が飛び上がる。

「お、おはようございます」

立ち上がり中腰になりかけ、思い直したのか、彼は飛び石の上に正座《せいざ》した格好で深々と頭を下げた。

「それじゃあ、アナタは前の店主がくれると約束したものを取りに来たってこと？」

律の問いに神妙に頷く。喫茶店の椅子に座り、コーヒーを飲む青年はミナトと名乗った。

十年前、彼がまだ高校生の頃、ここへ来たことがあるという話だ。

「それはどういったものなのかしら？」

青年の表情に警戒《けいかい》の色が現れる。

「あー内容はちょっと。すみません」

彼はゆっくりした口調でぽそぽそ喋る。何だか少し乾燥《かんそう》してざらついた印象を受けた。

「言えないってこと？　やだわアンタ。ちょっと考えてもみなさいな。仮にアタシが何かを預かってたとしても、アンタの目的が何か分からないと渡せないわよ」

「はは、ですよね」

ミナトは苦笑した。

正当性を証明するかのように、彼はかつての店主とのやり取りを話し始める。

高校生の時、ミナトは死のうと思ってここへ来たことがあるそうだ。古本屋で偶然、手にした本の奥付にこの喫茶店のことが書かれていたと聞いて、沙保は驚いた。レコードと本の違いはあるが、自分とよく似た状況だ。

店主の励ましで立ち直った彼は今日、当時約束した物をもらいに来たという。

「植物標本みたいなって言えばいいのかな。これぐらいの革箱に入ってて、中は絹張りっていうんでしょうか、なんか高価なカフスボタンでも入ってそうな……」

長い指で四角を作り、首を傾けて言う。

「分かったわ。アナタが言うのはこれよね」

言いながら律が運んできたのは、吊り戸棚の奥にあった黒い革張りの小箱だった。

「あっ」

勢い込んで青年が立ち上がる。伸ばされた手をひょいと躱《かわ》し、律はにやりと笑った。

「残念だけど、これはアタシがヒサエさんから頂いたのよ」

「え」

彼の顔に焦燥と苛立ちが浮かぶ。

「そんな。じゃあ他は？　他にはないんですか。というか、今更ですけど、あなたは？　ヒサエさんのご親族か何かですか？」

「お友達よ。それでもってヒサエさんの最期《さいご》を看取《みと》ったのはアタシ。死に際にこれを頂いたの。

先約があったとも聞いてないんだけど、あの人、本当にアナタにこれをあげるって言ったの？」

「それは……」

ミナトという名の青年の顔が曇る。

「ねえ、アナタ。これがどういうものか知ってるの？」

一瞬、迷うような素振りを見せたが、ミナトは真っ直ぐ律の顔を見返した。

「飲んだら苦しまずに死ねると聞いています」

「えっ」

驚いたのは沙保だ。

「そんなものがあるの？」

律の持つ古びた小箱が不気味な輝きを放っているように見えた。


かつて喫茶店だった場所で、思い思いに椅子に腰かけ、テーブルを囲んでいる。

店内には午前中の白っぽい光が溢れていた。磨き込まれたアンティークのテーブルに窓越しの葉陰が映り込み、ちらちらと揺れる。

目一杯エアコンが動いている。冷房が利きすぎて寒い程なので窓を開けようとしたが、ミナトに止められた。万が一、誰かに聞かれてはまずいからというのだ。

どんな秘密の話が始まるのか。緊張で喉が渇いた。

テーブルの上には小箱が置かれている。縦五センチ横十センチ程度の長方形。かなり古いようで革がほうぼう擦れて傷んでいる。

律が蝶番《ちょうつがい》のついた蓋を開けると、変色が目立つ内側の布張りには左右二つのくぼみがあった。右側には赤い塗料のついた褐色のものが収められており、もう片方は空だ。

複雑な形状だ。大きさは果物《くだもの》の柿《かき》の種ぐらい。つるんと平らな菱形《ひしがた》の半分から上をビーフジャーキーのような質感の表皮が覆っている。確かに何かの種子のように思えた。表皮の上部に赤いペンキか何かで、ちょんと印をつけてあるように見える。

「これって何かの標本なの？　種か何か？」

触らない方がいいと制され、テーブルに置かれた箱を遠巻きにして訊くと、律が頷いた。

「ええ、植物の種子だと聞いたわ」

「漢方みたいな？」

沙保の問いに律は、うーんと唸《うな》る。ミナトは落ち着かない様子で姿勢を変えていた。

「安楽の種と呼ばれていてね。飲むと不思議なことが起こるんですって」

「不思議なこと？」

まず、この種を飲むと、人間は眠る。目覚めなくなるそうだ。

苦しまずに死ぬのでは？　と思ったが、それだけではないらしかった。

「そのまま目が覚めずに死ぬのかな」

沙保の言葉に律は笑った。

「いえ、最後に一度だけ目を覚ますと言われているわ」

「目を覚ます？」

意味が分からず訊いた。

「そう、最後の最後にね。それも単純に覚醒《かくせい》するわけじゃなくて、この上なく明瞭《めいりょう》かつ快適な目覚めなんですって。そりゃあもうとびっきりの多幸感に包まれて、森羅万象《しんらばんしょう》すべてのものが輝いて見えて、ひたすら周囲に感謝を捧げて、そしてもう一度、すうっと眠るように息を引き取るんですって」

そんな幸せな死に方があるのかと、信じられない思いで箱の中を見直す。

「と言われているわ。まあ、正直なところ、本当にそんな効能があるのかどうか分からないわよね。試した人がいるのかどうかも知らないもの」

「でも」と声を上げたのはミナトだ。

「ヒサエさんが嘘をついてたとは思えないです。なら私で試させてもらえませんか。お願いします」

立ち上がった彼は深々と頭を下げた。

試すって、それはすなわち死への眠りではないのかと考えると嫌な汗が出る。

あの紙片に書かれていたやさしい死に方とは安楽死のための薬を斡旋《あっせん》するというものだったのか。

死ぬ方法を求めてきたはずなのに、突然それが身近に迫り、現実味を帯びてきたような気がする。エアコンの冷気が急に冷たさを増したみたいで身体が震えた。

「沙保嬢はやさしい死に方を教えますって書かれたメモを見て来たのよね。ミナトは？」

手にした古本は『完全自殺マニュアル』、自殺の方法を列挙したものだ。奥付に『やさしい死に方を教えてくれる喫茶店あり』の文字を見た彼は学校を休んで大阪へ来た。

ずっと何も喉を通らず、死ぬことばかりを考えていた彼に、ヒサエさんはあたたかいポタージュスープを出してくれた。

「その後しこたま叱られました」

そう言って、ふふと笑う。

「アンタ、何言ってんだよ、死ぬにはまだ早えよ。そんな年で行ったって閻魔《えんま》様に門前払いされてお終《しま》いだ馬鹿、ってね」

「あー言いそう」

二人で笑い合っている。

「ヒサエさんってどんな方だったんですか？」

何だか興味が湧いて訊くと、我先に話し始めた。

「そりゃあ素敵な人だったわよ。懐が深くて、情に厚くて、自分のことより真っ先に他人の心配をしちゃうような人なの」

「見ず知らずの高校生の話を親身に聞いてくれて、どうしたらいいのか、どうしたら生きられるのか、真剣《しんけん》に考えてくれてね。それでいて底抜けに明るくて、陽気で楽しくて」

「あの人ったら根がお節介なのよね、困った人を見ると放っておけないんでしょうね」

陽気でお節介な店主が、しかし安楽死のための種を斡旋していたことになる。

それがとても不気味で怖くなった。

「ただ、これが非合法の薬物かっていうとそんなこともないのよね。単に自然界に存在する種子に過ぎないいんだもの」

律の言葉に疑問を覚える。

「だったらこれと同じ種があちこちで出回っててもおかしくないよね？　闇サイトとか」

そんな話は聞いたことがなかった。

「この種をつける木は一本きりらしいの。超稀少《きしょう》ってことね」

律の言葉にミナトが目を丸くした。

「それは初めて聞きました」

「古文書を調べた人がいたんですって。伝説というか伝承というか、日本昔話みたいな感じかしらねえ」

律によれば、この種は四国地方某所の山間の集落に伝わってきたものだという。

その集落には、かつて姥捨《うばす》ての風習があった。

険しい山肌《やまはだ》にへばりつくような立地で、耕作できる田畑も少なく、天候が悪ければたちまち飢《う》える貧しい村だ。老人のみならず、育てられない子供を間引く場合もあったという。いずれにしても生身の人間を山中に遺棄《いき》することは忍びない。冷え込みの強い冬場ならば一晩も経てば凍え死ぬだろうが、他の季節はそうはいかない。飢えや渇きに苦しみながら果てるのはあまりにも不憫《ふびん》だ。誰もが泣きながら老人を捨て、子供を捨てた。

一つ希望があった。

山に自生する、とある樹木の種子を口にすることができれば数日間眠り続け、やがて目覚めた時にはこの上ない多幸感に包まれて死ねるというのだ。もっともその木が自生している場所は険しい谷の底だ。老人や子供を捨てに行く人々はその谷へ親や子を落とす決断をしなければならなかった。

やがて江戸時代のある時、体力自慢の一人の若者が谷に降り、死者たちの骨が散らばる中からこの種子を背負《しょ》い籠《かご》一杯に拾い集めてくることに成功した。

これで大切な肉親を谷に落とすことはなくなったと人々は喜んだ。

「とはいえ、これは大変なものよ。簡単に人を死なせることができるんだもの」

人々は話し合い、村の庄屋が代々この種子を受け継ぎ、厳重に管理をすることになった。

「ただ正式な記録が残っているわけではないの。さすがに表に出せる話じゃないもの。だから古文書の記載も寓意《ぐうい》を読み取るような感じなんですって。時代が下ると集落でも一部の者しか知らない闇の歴史になったそうよ」

昭和の戦争が終わると、若者たちは村を出て都会で働くようになった。過疎化が進んだ村は日本がバブル景気に沸いていた頃、大雨による山津波で壊滅した。集落の大部分が土に埋もれて、そのまま廃村となり、ひっそりと打ち棄てられたのだ。例の木も土砂に飲みこまれ、やがて枯死《こし》した。

廃村当時、村長の屋敷には十粒程度の種が保管されていた。高齢だった当主は当時、街の病院に入院しており、不在だった。幸か不幸か屋敷も押し潰されて跡形もなくなっていたから、種を探し出すなんてとても無理だと判断された。この種は歴史の闇に葬《ほうむ》り去られるはずだったのだ。

ところが、実際には山津波の前に、その種を密かに持ち出した者がいたらしい。

「その後、この種がどんな運命を辿ったのかは分からない。真相は藪《やぶ》の中よ。世の中に出回った種のいくつかは失われてしまったようだけど、残りは執念で回収されたそうね。現存する種はもうこれ一つきりなんですって」

「回収？　誰がしたんでしょうか？」

「だからヒサエさんよ」

　ヒサエさんの父は早くに村を出ていたが、元はこの村の出身だったそうだ。戦災で両親を失ったヒサエさんが後年、父の故郷《こきょう》を訪ね、自分のルーツを探す過程で一連の話を探り当てたものらしい。

　律がふうと溜息をついた。珍しいなと思う。

「この種をどう使うか、いっそ捨ててしまうか。悩んだヒサエさんは手許に置くことに決めたの。いつかもし、どうしようもなくなった誰かがここを訪ねて来た時のために、ね」

　沙保は少し考えた。

「それは、もし辛くてどうしようもない誰かが訪ねて来たら、この種をくれたってことで合ってますか？」

　もし自分がもっと早くに来ていたら、その人からこれを貰うことになっていたのだろうかと思ったのだが、律は首を振った。

「ヒサエさんはね、本当に魔法使いのような人だったの。ご自身が話すのも上手なんだけど、何よりも人の話を聞くことに長《た》けているのよね。相手が抱えているものを引き出すのがうまいっていうのかしら。それはもう、本人が気づいてないことまで明るみに出しちゃうぐらい」

　ミナトが頷く。

ふと疑問に思った。

「待合室って普通の喫茶店でもあったんですよね？」

ウェブの書きこみを見る限り、あくまでもレトロで落ち着いた喫茶店という印象だった。もしも悩みを抱えた人ばかりが集まってくるのだとしたら、陰鬱というか病的というか、何か独特の雰囲気になってしまうのではないか。そう言うと律は頷いた。

「そうねえ。もしアナタがもう少し前にここへ来て待合室に入ったら、って考えてみてちょうだい。新聞を読みながらコーヒーを飲んでいる老紳士《しんし》、本を読んだりスマホを見たりしている女性、若者、そんな中、あなたはどうする？」

考えてみる。ここは自分の求めていた場所ではない。普通の人々の営みがある場所だと考えて、そのまま帰るだろうか？　でも他に行くあてなどないのだ。僅かでも希望があるのなら、座ってみるかと思えた。

「とりあえずコーヒーを頼む、とか……」

「でしょう。言えないわよね、死に方を教えて下さいなんて。でもその時、ヒサエさんには見えてるのよ。喫茶店を楽しみに来たお客さんと別の目的がある人の違いが」

以前、この喫茶店の扉の前には、まさしくこれぞレトロといったフォントで『喫茶待合室』と書かれた足つきの看板が立っていた。他のお客がみな帰り、看板の明かりを落とし、パートのおばさんが店の掃除を始める。そんな店の片隅でヒサエさんが話を聞いてくれるのだそうだ。

「ないがしろにされてる感じがするかしら？　ううん。そこが不思議なところよね。丸い眼鏡をかけた無口なおばさんが淡々とコップを拭《ふ》いてたり、モップをかけて通ったりするんだけど、その空気が妙に温かくて、気がつくとみんな洗いざらい悩みを打ち明けてしまってるの。やっぱり魔法使いの人生相談よね。ヒサエさんと話してるうちに何だか勇気が湧いてきて、まだ逆転できるんじゃないか、人生なんてどうにかなるんじゃないかって思うらしいわ」

でも、と沙保は思った。仮に自分がその人と会っていたとしてもそうはならなかった気がする。一時的に自分を覆っている重いものが晴れることはあるかも知れないが、きっと長続きはしない。この店を出て歩き出した途端に現実が襲ってくるのではないだろうか。

「そうね」と律が言った。

「だからなのかしら、最後にヒサエさんは言うのよ。もしどうしてもあなたが頑張《がんば》れなくなったら、その時はこの種をあげよう。だからもう一度ここへおいでって」

ミナトが頷いている。

「この店を始めてしばらく経った頃にね、一人の女性が来たんですって。もちろんまだ例の口コミや何かもなくて、本当に偶然訪れたお客さんよ」

頷くと律が続ける。

「彼女はとても悩んでいるようだった。でも、ヒサエさんが親身に話を聞いてあげてる内に、少し笑顔が戻ったの。その人ね、もう一度頑張ってみますって帰って行ったんですって。これで一安心かしらねなんて思ってた矢先、その人は翌日そこの川で遺体になって発見されたそうよ」

その時、ヒサエさんは思ったそうだ。

少しばかり話を聞いたからといって、何の解決にもならないのだと。

「首を突っ込む以上は最後まで面倒見る覚悟でやらないとって」

住むところがない、職がないなんて経済的な問題には役所に付き添ったり、虐待されている人、学校や職場の人間関係で悩んでいる人には自ら乗り込んで問題解決にあたるようなこともあったそうだ。

「アンタは一人じゃないのよって、いくら言っても抱え込んでしまう人には届かない。ならしょうがないじゃない。こっちから踏み込んで行こうじゃねえのさってヒサエさん言ってたわよ」

「見ず知らずの他人にそこまでするの？」

沙保の問いに律が頷く。

「自分は子供の頃に見ず知らずの他人だった人に助けられてるんだから、こういう形でしか恩を返せないんだよって言ってたわ」

ヒサエさんは篤志家《とくしか》が私財を投じて建てた私設の児童養護施設で育ったそうだ。

「でも、そこまでしても、それで終わりじゃないでしょう？　その後の人生すべてをヒサエさんが抱えるわけにはいかないんだから。ヒサエさん言ってたわ。アタシにできるのはその人が自分の人生を取り戻す手伝いだけだって。でも、その先でまた壁にぶつかって絶望に苛《さいな》まれた時、待合室のことを思い出して欲しいって」

だからね、と律は座り直しながら言う。

「この種はお守りだったんだと思うわ」

ふふ、と彼女はいたずらっぽく笑った。

「ヒサエさんなら何度でも腕ずくで引っ張り上げちゃうんだろうけど、自分の目の届かないところで死なれてしまっちゃどうにもできないものね」

「お守り……」

ミナトが呟く。

「いつでも安楽に死ぬ方法があるんだと思えば、もう一回頑張ってみようかと思えたのは確かです。でも、じゃあまったく誰にも渡すつもりはなかったってことですか？」

眼鏡の奥、ミナトの瞳が傷ついたように悲しげに揺れる。

外の蟬の声が一層音量を増したようだ。

いいえ、と律が静かに言った。

「実際にどうだったかはともかく、あの人は覚悟をしてたと思うわ」

「覚悟？」

ミナトが聞き返す。

「ええ。ありとあらゆる手を尽くしてもどうにもならない、たとえば生きていることがその人にとっての尊厳を蝕《むしば》んでしまうような状況かしら。本当にもうどうにもならないと判断した時には、あの人は種を渡す覚悟を持っていたと思う」

「俺は」

ミナトが言った。彼が自分のことを俺と呼ぶのは初めてだ。

「あの時、五年頑張れと言われました。だから頑張って、さらに五年。でも、もう頑張れない。もう疲れてしまった。だからここへ来たんです」

彼は勢いよく立ち上がる。

「俺に種を下さい、お願いします。これ以上はもう、尊厳が保てない」

悲鳴を上げるように言い、ミナトは床に座りこんだ。床に打ち付けるようにして頭を下げようとする彼を慌てて律が止めた。

「待って。そんなに簡単なことじゃないわ。この種を使うには条件があるのよ」

「条件？」

「この種を飲むと一度眠って目覚めると言ったでしょう。どこまで信用できるのか分からないけど、この種にはね、感情を増幅する効果があるそうなの」

「感情を増幅？」

意味が分からず訊いた。

「それが何かまずいんですか？」

ミナトは不思議そうだ。

「あら、ヤダ。分からない？　もしも、種を飲んだ人が強い心残りや怒り、恨みなんかを抱えていたとしたらどうなると思うの。そんなものが増幅されるのよ」

「え、でも多幸感に包まれて死ぬんですよね？」

「とは限らないって話よ。多幸感に包まれて死ねるのは、自分の死に納得して、達観できてる人だけってことね」

姥捨ての老人たちは自らの運命を受け入れ、村のため、後に残る家族のためにと、覚悟を決め、穏やかな気持ちで臨んだからこそ、多幸感に包まれて死ねたのではないかと律は言うのだ。

「恨みや未練《みれん》を抱いて飲んだ者もいたらしいけど、それは壮絶だったそうよ。後悔や憎しみに苛まれ、世の中を呪いながら何日も苦しんでのたうち回り、自分の身体や頭皮を掻きむしりながら、血まみれになって死んでいったとか。指には髪の毛が何百本も巻き付き、爪には肉片が一杯詰まっていたんですって」

ぞっとして、沙保は忘れていたアイスティーのストローに口をつけた。グラスの中の氷が溶けて、中身が薄くなってしまっている。

「そ、それでもいい。要は未練がなければ、自分の中で決着がついていればいいってことですよね」

ミナトの上ずった声を聞いた。

「え、待って。私も、私ももう未練なんかないから」

慌てて言う。

律が意外そうにこちらを見た。

「本当に？　アナタたち、誰かを恨んだり、自分を嫌悪したり、後悔していることなんて何もないと言い切れる？」

ぐっと言葉に詰まる。

「まあ、いいわ。どっちにしろ種は一つ。二人分はないもの。半分に分けたんじゃ効果はないそうだし。期限は五ヶ月、クリスマスまでよ。それだけの覚悟があるのかどうか、どっちかが譲るのか、二人ともよく考えることね」

結局、ミナトもまた行く場所がなく、ここに住むことになってしまった。

行く場所がないのなら泊まっていけばいいと言う律に、沙保は内心、嫌だなと思った。けれど、ここは律の家なのだ。彼女がいいというのに反対もできない。

ミナトは二階の部屋を使用するよう勧められたが、沙保に気を遣ったのか固辞し、結局、店舗の床で寝袋を敷いて寝ることになった。

図体が大きい割に、彼は店の隅でひっそりと気配を消して本を読んでいることが多く、あまり邪魔にはならなかった。それどころか、うっかりすると存在を忘れてしまいそうになる。

奇妙な共同生活が始まった。


生理の一番ひどい三日間、沙保は自分に与えられた部屋に籠もっている。

二人にはこれから三日間、体調が悪くなるので出て来ない旨《むね》を説明してあった。

万が一にもマットレスを汚したくないので、取っておいたぷちぷちの梱包材の上に寝ている。

「沙保さん、ごはん食べない？」

ミナトが何度か呼びに来た。

「ありがとう。でも食欲がないから」

扉越しに断り、自分の声の低さに驚く。

実は沙保の声は低い。

うっかり地声で話してしまって、「怒ってるの？」と驚かれたことが何度かあった。

女の子は可愛く高い声で囀《さえず》るように喋るものなのに、そんなこともできないのかと呆れられているのだと感じた。

だから自分は飾りを沢山付けないといけないのだと思っていた。カラフルなバタークリームやアイシング、銀色のアラザンに色とりどりのチョコスプレー。母の作るカップケーキを飾った甘過ぎるデコレーションと同じだ。いや、カップケーキならまだいい。それだけでも可愛いのだから。

きっと沙保は失敗した黒焦げのケーキだ。真っ黒に焦げたところを切り取って食べられそうなところだけ残してあるが、全体に焦げた味が回ってしまったケーキ。焦げ臭くて煙臭くて苦いそれに、ごてごてと甘ったるい飾りを山盛りにして誤魔化したグロテスクな存在なのだ。

律が沙保についてどんな風に考えているのかは分からない。ただ、これまで沙保は飾りのついた声でしか喋っていないし、控えめで大人しいキャラクターのままでいる。それで居心地よく過ごして来たのだ。もし、沙保が飾るのを止めてしまったら、律は沙保のことを不快に感じるかも知れない。律のおおらかな性格を考えれば多分そんなことにはならないだろうが絶対に大丈夫とは言い切れない。もし、律に疎まれたら、と考えると恐ろしかった。折角見つけた居心地のいい場所を守りたかったのだ。

それでいてミナトに対しては飾ろうとしていない。

何故なのだろうと考える。

ミナトが男だからなのか、それとも同じ自殺志願者だから気を遣う必要もないと思うのか。自分でもよく分からなかった。

◆

藤乃が学校を辞めた後、急接近してきたのは聡史《さとし》という同級生だった。彼はビジュアル系のバンドでベースを弾いていた。画力はあまりなかったが、明るい性格で人を笑わせることが多く、皆に好かれていた。自分のバンドのロゴを作ったりイラストを描いたりするのによく藤乃に意見を求めていて、その際、沙保も何度か喋ったことがあったのだ。

どこか中性的であまり男を感じさせない彼のことを沙保は友達だと思っていた。

藤乃がいなくなり、友達らしい友達がほとんどいない沙保にとって、自然体で楽しく一緒に過ごせる聡史は貴重な存在だった。

派手な見た目の割に聡史の趣味は散歩だ。二人で路地裏や古い墓地《ぼち》などを歩いて、猫や雑草なんかの写真を撮ったり、絵日記を描いて見せ合ったりした。

藤乃とはまた違う、穏やかでぽかぽかした時間だった。

だが、ある日を境に関係が変わってしまった。聡史から付き合って欲しいと言われたのだ。

沙保は悩んだ。嫌なのだ。聡史は珍しく切羽詰まった様子でじっと沙保の答えを待っていた。

「もし私が無理って言ったら、どうなるの？　今まで通りにお散歩とか行けるよね？」

聡史は気分を害したようだった。

「え。何それ、ひどくね？　悪いけどさ、今まで通りって、そんなの無理に決まってんじゃん」

彼はずっと恋人になれるよう、沙保の歓心を得られるよう努力してきたのだと言った。

自分が知らなかっただけなのだ。

沙保を取り巻く状況は何も良くなっていなかった。相変わらず生理は重く、母は口煩く女子大受験を勧めてくる。何よりも中身のない自分の絵に絶望する日々だ。

もしここで断れば、自分はまた友達をなくしてしまう。穏やかでぽかぽかした時間を失ってしまうのだ。

仕方なく付き合うことにした。

友達が恋人に変わるだけだ。二人の関係に大きな変化はないはずだと思っていた。

だが、そうではなかった。

聡史は沙保のことが好きで好きでたまらないらしく、毎日愛してるとか可愛いとか綺麗だとか歯の浮くようなことを口にした。贅沢《ぜいたく》に浴びせかけられる恋愛の言葉に最初は居心地の悪さを感じたが、そのうち慣れてしまい、麻痺《まひ》していった。お葬式のお経と同じだ。実感の伴わない言葉の列が頭の上を通り過ぎていくのだ。

だから、沙保は距離感を誤った。今ならそう分かる。

物心ついて以来、沙保は誰かに甘えたことがなかった。幼少の頃から母とは相性が悪く、彼女は沙保のことを育てにくい子供だと嘆き続けていた。遠ざけられ、生存に必要な最低限の接触以外は構われることもなく、ずっと一人で遊んでいたのだ。

その頃、年下のいとこたちが泊まりに来たことがあった。

父の姉の子供たちで、母はその子たちにとても気を遣っていた。母は父の家に対し、よくできた嫁であると評価されたいと願っていたのだ。

母は沙保には決して見せないような笑顔でいとこたちに接した。

彼らにとろけるような笑顔を向ける母を見ながら沙保が感じていたのは強烈な飢えだった。自分ではなく、よその家の子供たちに無尽蔵に垂れ流される甘い声や優しいまなざし、そのひとかけらさえ沙保に向けられることはなかった。

聡史からそれを与えられているのだと知った時は驚愕《きょうがく》した。何故、見ず知らずの他人からそんなものを貰えるのか。最初はおずおずと、次第に全面的に聡史に甘えるようになっていった。それでも聡史は沙保のわがままを叶《かな》えたし、何でも言うことを聞いた。

自分は長い間、地下室の棺桶《かんおけ》に封印されていた吸血鬼《きゅうけつき》のようだと思った。乾《かわ》ききってひからびた喉に一滴の血液を与えられたみたいに沙保は貪るように血を吸った。

「沙保、俺のことちゃんと好き?」

「うん、すっごく愛してるよ」

聡史は不安だったのだと思う。睦言《むつごと》のように見せかけながら、毎度、追い詰められたように訊いていて、沙保の答えにその時限りは安堵するように見えた。

自分は聡史を愛している。大切な恋人。誰よりも大好き。もう離れられない——。

どこかで聞いたような言葉を並べ立てる。

それはようやく得た居場所を失わないために必要な行為だった。

「沙保ってさあ、もっと冷たいっていうか、他人に関心がない子なのかなあって思ってたよ。でも、全然違った」

「聡史だからだよ」

甘ったるい声で言い、キスをしてうっとりしたように抱かれている。

誰かの体温を感じることに満たされながら、同時に激しい嫌悪感に襲われた。

これは一体誰なのか？　聡史にしなだれかかる女の姿を見下ろしている別の自分がいた。その視線を通して自分自身のあられもない姿を突きつけられる。恐ろしく明確な解像度で毛穴の一つ一つまで、瞳の奥にちらつく狡猾《こうかつ》さまで見せつけられるのだ。

一体この人間は誰だ。醜悪だ。聡史から与えられる優しさに甘えながら、可愛い女の子を演じている自分に吐き気がした。

次第に耐えられなくなってきた沙保は、やがて聡史を憎むようになっていった。ひどい話だとは思うが、一度嫌になってしまうと箸の上げ下ろしから、話し出す前に息を吸うような些細な仕草さえ耐え難く思える。

聡史は沙保の心が離れていることに気づき必死に繋《つな》ぎ止めようと足掻《あが》いていた。

そんな姿さえ鬱陶しくて、別れを告げた。

聡史が遠巻きにこちらを見ている。

話しかけてこようとしてできないのだ。未練がましいその姿を見るのが苦痛で仕方なくて、彼が専門学校を退学した時、心の底からほっとした。

再び大学受験の時期が巡ってきて母による女子大受験の圧力が増してきた頃、かつて習った老画家がアフリカへ行くと聞いた。

年齢的に恐らく最後の旅になるだろう。憧れ続けたアフリカの大地に立ち、その風景を描くため三ヶ月にわたりアフリカ大陸を旅する予定で、同行する助手を探しているとのことだった。

行きたい。強く思った。

中身のない自分をアフリカの雄大な自然の中に置いてみたい。自分はそこでどんなものを見るのか、何を得るのか、考えただけで身体が震えるような昂《たかぶ》りを感じた。

老画家は沙保の申し出を歓迎《かんげい》してくれた。

目の前が鮮やかに開けていく気がした。

狭い世界から飛び立つのだと思った。ずっと期待と興奮、緊張で全身が満たされ、ふわふわしていた。

母は当然、猛反対だったが、父は悪くないと考えたようだ。

沙保自身はたとえ母が何と言おうが強行するつもりだった。

ある日、母が黙って数枚の紙を差し出した。見るとアフリカの厳しいトイレ事情をまとめたネットの記事を印刷したものだった。

「どうするつもり？　先生が目指す国にはトイレがないところも多いんですって。不衛生なトイレで感染症の危険に曝《さら》されたり、野外で用を足して性的暴行を受けたり、生理ナプキン一つ換える場所がなくて、いえ、それどころかナプキンが手に入らなくて困ってる女性も沢山いるのよ。まして沙保ちゃんみたいに生理痛がひどくて転げ回っているような子がアフリカで一体どうやって暮らせるというのかしら。助手どころか、先生にとっては足手まといにしかならないでしょうね」

目の前の世界のすべてが音を立てて崩れていくような気がした。

忘れていたのだ。生理のことをすっかり忘れ、浮かれ、分不相応な夢を見た。高く抜ける澄んだ青空を見上げると、飛行機の機影が煌めき、白い雲を引っ張りながらどんどん高度を上げていく。

老画家は沙保と同じ年の男子大学生と共にアフリカへ向けて旅立っていった。

生臭く澱んだような赤黒い血が股の間からどくどくと湧き出し、自分を縛る。陰鬱に絡まった血の鎖の先は、地面を貫き、大地の奥底にまで延びているように思えた。自分はこの窮屈《きゅうくつ》な世界に縫い止められ、逃れることなどできないのだと思い知らされた気がした。


藤乃と二度目に会ったのは彼女が子供を産んでしばらく経った頃だ。

教わった住所を訪ねると、アパートのドアを開け、顔を出したのは見知らぬ女性だった。

――と思う程に藤乃は面変わりしていた。

どことなく面影はある。

だというのに、目の前で子供を抱いているのは髪型も表情も仕草さえ別人のような人物だった。

個性的なメイクも髪型も、皮肉なまなざしも全部跡形もなく消えてしまった。

過激な音楽の代わりにアンパンマンの歌が流れる居間で身体を揺らし、ミルクの匂いのする赤ん坊をあやしているのだ。

子供が藤乃の乳房に吸い付くようにして、懸命に乳を飲んでいる。こくこくと飲みこむ音、必死な呼吸の音。

　生命だと思った。

「ね、私の素顔見てどう思った？」

　突然の問いかけに真意を測りかねる。

　メイクを落とした藤乃の顔は腫れぼったい目もとに薄い眉、ぶ厚い唇は何故か不満げに歪められていた。

「初めて見たよ。ちょっと意外かな」

「不細工だと思うでしょ」

　どきっとした。こんな時、何と答えればいいのか。

「そんなことは……」

「いいんだよ、はっきり言って。私はさ、ずっと自分の顔にコンプレックス持ってた。子供の頃からブサイクブサイクっていじめられてたしね」

　初めて聞く話だ。

　そこで藤乃は話を切り、子供の名前を呼びながら、背中を叩いている。声は聞こえるのに、その間を沙保は沈黙《ちんもく》と感じた。一人いたたまれない気持ちになって言う。

「私は、藤乃って個性的で自分を曲げない格好いい人だと思ってたけど」

「それはそう見せてたからだよ。どうせ男の子にもてないし、ブサイクなんだからそうやって自分を飾らないと惨めすぎたんだ」

　何故、彼女はこんな話をするのだろうと思った。

「なんか、藤乃からそんな話は聞きたくなかったかな」

ばらばらになったパズルのピースを前に途方に暮れている時みたいだと思った。よく分からない。自分が何を言いたいのか、何を感じているのか、何を言うべきなのか、分からないままにようやく言葉を集めて言った。

藤乃は待ち構えていたように口を開く。

「私はさ、沙保にずっと言わなきゃと思ってた。恋愛なんてくそったれだって言ったけど、あれ嘘。もてなさすぎて自分には一生縁がないと思って僻《ひが》んでたんだ」

腕の中で動き、ずり落ちそうになる子供の身体を抱き上げ直し、あやす言葉を口にして藤乃は愛《いと》おしそうに笑う。

「今は違うよ。主人が心から私を愛してくれてるのが分かるから、私は幸せだと思える」

「そうなんだ。良かったね」

棒読みにならないよう、言葉に怒りや悲しみが乗らないように細心の注意を払った。

とうに分かっていたことだ。

藤乃は自分とは違う。あちら側の人だ。

飲み込みの悪い生徒にでもなったような気がした。藤乃は出来の悪い生徒の沙保に念を押す。

「だから沙保も恐れないで欲しいと思うよ。恋愛から逃げてちゃ何にも手に入らない。傷つくことを恐れて引いてちゃそこまでだよ。私はね、生まれつきブサイクだからそれが嫌でしょうがなかった。でも主人に出会って変われたんだ。女の子はね、いい出会いがあればこんなに幸せになれるんだ。私を見て分かるでしょ？」

藤乃の頭をそのまま小さくしたような子供とかつての友人は結合双生児みたいに頭と頭がくっついているように見えた。

「だから沙保も諦めないで欲しいよ。いつか絶対、本気で愛する彼に出会えるからさ、ね、頑張って」

どこか藤乃に似た面差しを持つ、まったくの別人と対峙《たいじ》している気がした。

「男と女は引き合うもの、それが本能なの。世の中のすべてはそういう理《ことわり》の上にできてんだよ、分かる？」

そう言ったのは出版社の男性編集者だった。専門学校卒業後、どうにか採用されたデザイン事務所は一年も経たずに倒産してしまった。転職もうまくいかず、思い切って漫画を描いて持ち込んでみたのだ。

デザイン会社ではあからさまないじめなどはなかったが、他の社員たちとうまくいっていたとは言い難い。

まっとうな社会は自分のような歪な人間を歓迎しないに違いない。卑屈な考えに囚《とら》われ、漫画の仕事ならば一人でできると思ったのだ。

絵に関してはもっと構図を工夫すれば良くなるだろうと言われた。

ただ編集者は恋愛要素がないストーリー展開に難色を示した。

「少女漫画である以上、読者が求めてるのは恋だよ。悲恋でもラブコメでも何でもいいけどさ、恋愛楽しいでしょ？　恋愛要素どこいっちゃったの？」

恋愛要素がなければダメなのかと訊く沙保に編集者はうーんと渋い顔をした。

「そりゃあね、もちろん他にも色んなカテゴリーがあるよ。でも、じゃああなたの絵柄でこの話を青年誌に持って行ったとして、読者にウケるかっていうと正直難しいと思う。女の子にしか分からない繊細な感性は男にはつまらなく感じるからね。あなたの最大の魅力を分かってくれる人は同年代か少し下の少女たち。で、彼女たちが何を求めてるかっていうと恋愛なんだよね。どきどきしたりはらはらしたり、甘酸っぱい胸のときめきをね、作品の上で自分に重ねたり追体験したり憧れたりするもんなんだよ」

恋愛を好まない人もいるのでは？　という沙保の問いに編集者は首を振った。

「そりゃいるかも知れないけど、数が少ないでしょ。漫画で食べてくってことは常にヒット作を生まなきゃなんない。そのためにはマジョリティを相手にしないと無理なんだ。この世界はね、正直厳しい。デビューしたはいいけど、そこがピークだった。そのまま消えていく人がどれだけいると思う？　自分のこだわりに固執してるとあっと言う間に置き去りにされていくからね」

編集者の指導の下、何度かネームを作って送ったが、どれも採用されることはなかった。

恋愛が分からないだけではない。沙保には自分というものがないのだ。そんな人間が誰かに何かを訴えることなど最初からできるはずがなかった。

結局、描けば描くほど自分がどれだけダメな人間なのかを思い知らされただけだった。

今更女子大に行く気もなく、仕事を探した。

どこへ行ってもうまくいかなかった。

気がつくと孤立している。

一つの職場の就労期間が短いためにどんどん就職《しゅうしょく》が難しくなっていった。正社員から契約社員、派遣、アルバイトへと不安定な雇用《こよう》形態に落ちていくのだ。

これが自分の人生だと思い知る。

この先の人生にどんないいことがあるというのだろう。あんなに好きだった絵も今では忌まわしいもののように思えて絵筆を取ることさえできなかった。仕事もまともにできないし、誰からも嫌われる。藤乃が言ったように、自分が何者なのかも分からないままパステルカラーのヨーヨーの中に闇を詰め込んでいるのだ。

きっと死んだ方が楽だと何度も考えた。

実行しなかったのは、どこかでまだ希望を抱いていたからだ。

家を出てシェアハウスに居を定めた沙保は、なるべく男性のいない職場を探してアルバイトとして働いた。大人しく控えめで害のない女を装って目立たないように息を潜めていたのだ。


今から一年と少し前、五月終わりの日曜日。

祐貴に出会った。

郊外へ向かう電車の中で、偶然彼は沙保の斜め向かいの座席に座っていたのだ。

途中で乗ってきた老人にいち早く席を譲った彼はとても自然で快活そうな笑顔を浮かべ二言三言会話していた。まったく興味はなかったが、いい人なんだろうなとは思った。

その日、沙保はどこかに行くあてがあったわけではない。

当時住んでいたシェアハウスには沙保と同じような二、三十代の女性が多かった。

毎週日曜の午後になると、お酒やおつまみを並べた昼飲みパーティが始まる。沙保はそれが苦手だった。彼女たちのことは特に好きでも嫌いでもなかったが、関係自体は悪くなかったと思う。

ただ、そこで交わされる会話、恋の話やアイドル、ドラマの話、沙保はどれにも興味がなくて、盛り上がる彼女たちに合わせて楽しそうな顔を作っているのが苦痛で仕方なかった。

シェアハウスには色んな性格の女性がいた。明るくて声の大きい仕切り屋、二番手ポジション、ちょっとクールで知的なタイプ、どこか憎めない毒舌キャラ、外国人もいた。

この頃の沙保は人から可愛い系で控えめな性格だと言われることが多かったから、その通りの言動を心がけていた。

毎日懸命に嫌みのないよう、男に媚《こ》びていると思われないよう、自分の言動に細心の注意を払って生きていたのだ。

息苦しかった。

それでもパーティに参加しないという選択肢はなかった。

もっとも日曜日の午後にシェアハウスのリビングに集うのは入居者全員ではない。デートや外出予定がある人は当然参加しないし、ハウスに残っていても自室にこもり我関せずを貫く人もいた。だからといってその人との関係が悪いわけではなくて、ちゃんと挨拶《あいさつ》も会話もする。ちょっと口の悪い子たちに、あの子付き合い悪いよねと陰口を叩かれることはあったが、それだけだ。そんな人だと皆が納得しているのだ。彼女のようになれればどれだけ楽だろうと思いながら、沙保はその勇気を持てずにいた。自分の中のどんな顔を引っ張り出せば、それができるのか分からないのだ。

その週はもう月曜日から、次の日曜が来るのが憂鬱だった。これといって嫌なことがあったわけでもない。だが、きっともう自分は耐えられないだろうという予感がしていた。

その予感は日増しに強くなり、木曜日には確信に変わっていた。このままだと自分は決定的なミスを犯《おか》してしまう。もしこの居場所を失ってしまったら、また次の場所を探し、一から関係を作り上げなければならない。想像するだけで億劫で、足から力が抜けていく気がした。

考えて考えて、急に友達と会う予定が入ったという架空の設定を作った。ボロが出ないように何度も検証し、金曜日から予防線を張っておいた。

そんなわけで日曜日、朝からおしゃれをして出かけてきたのだ。

本当は沙保に休日に遊ぶような友人はいない。だからといってデートだなんて言うと余計に面倒なことになる。好奇心に満ちた彼女たちから容赦《ようしゃ》なく尋問されるのが目に見えているのだ。ここは絶対に友人一択だった。

行く当てもないので、ただ目についた電車に乗った。あ、奥多摩《おくたま》に行こうと思ったのは車内の吊り広告が目に入ったからだ。

奥多摩には行ったことがなかったが、山深い場所であるのは知っている。

何度か乗り換え、終点で降りた。和風の駅舎に丸いレトロな郵便ポストを珍しげに見ていて、まずいかもと思った。訝《いぶか》しむような、気遣うような視線を感じるのだ。

周囲はハイキングや釣りに行くような服装の人ばかりで、「清楚で可愛らしい」うすピンクのワンピースに華奢《きゃしゃ》なサンダルを履いた沙保は完全に浮いていた。

奥多摩は山。山に入って洞窟《どうくつ》でもあればそこでしばらく座っていられないだろうかと思って来たが、この姿で登山道を歩けば確実に悪目立ちするだろう。

困ったと思うが、もう移動するのは面倒だ。なるべく目立たないように気配を消して駅前の地図を見ていると、「こんにちは」と声をかけられた。

見れば、車内で老人に席を譲っていた男性がにこにこしている。彼は登山や釣りに行く様子ではなく、こざっぱりしたポロシャツ姿で、手には有名なフルーツショップの紙袋を提《さ》げていた。

「どなたかと待ち合わせですか？」

「あ。いえ、別に」

いつもそうするように最低限の受け答えで立ち去ろうとした。ノリが悪くて面白くない女だと思わせればナンパ目的の男は引き下がる。しかし、彼は歩調を合わせて隣をついてきた。押しが強いわけでもなれなれしいのでもなく、ごく自然に寄り添ってくるのだ。

聞くともなしに聞いていると、彼はこれから学生時代の恩師が営む民宿を訪ねる予定で、迎えの車を待っているところらしかった。

「よかったら一緒に行きませんか？」

「え、どうしてですか？」

一気に警戒心を顕《あら》わにする沙保に、彼はあいかわらずの自然体だった。

「先生の民宿は奥様が焼くアップルパイが大人気なんですって。もしお好きなら一緒にどうかなって」

彼は老人に席を譲った時と同じ人好きのする笑顔を浮かべて、少し眩《まぶ》しそうに沙保を見ている。

アップルパイは好きでも嫌いでもなかったけれど、どうせ行くところもないし、害のなさそうな男だ。暇つぶしのつもりで沙保は彼と一緒に迎えの車に乗ることにした。

民宿の主人は定年を機に移住して、二年前にここで民宿を開いたそうだ。

主人夫妻は教え子の訪問を喜び、豪華な昼食をご馳走《ちそう》してくれた。食後には新緑の山を望むテラスで奥様手作りのアップルパイとコーヒーをいただいた。

弾む会話を沙保は静かに聞いた。見知らぬ人ばかりなので話に入れるはずもないが、不思議と居心地の悪さは感じなかった。彼や主人夫妻がさりげなくこちらを気づかってくれるおかげだろう。

夫妻は沙保を青年の恋人だと思ったようだ。どこで知り合ったお嬢さんなの？ と訊かれ、彼は「先ほど駅で知り合いまして。これから親しくなるところなんですよ」と悪びれる様子もなく笑って済ませてしまった。

「何だよ、ナンパしてきたの？ うわぁ、こりゃ恐れ入ったな。何とも堀口《ほりぐち》君らしいや」

驚いた声をあげた主人は、奥様にたしなめられて、ちょっと慌てた様子だ。

「あ、いや。違うんですよお嬢さん。彼が特別軟派だとか言うんじゃなくてね、勉強でもスポーツでも涼しい顔して、いつの間にかとんでもない結果を出してる男なもんだから」と付け足した。

民宿併設のレストランで食事をするのだと思っていたが、そもそもそんなものはない。代金を支払うと言っても断られてしまった。予定外の人間にまで押しかけられて迷惑だったろうと思うが、沙保にはそれをうまく言葉にすることができなかった。

「あ、あの、私、ごめんなさい……」

小さく言った言葉はかえって主人夫妻に気を遣わせる結果になってしまった。

いつもそうだ。沙保はこんな時、どう言えばいいのか分からなくて黙り込んでしまう。職場にも今のシェアハウスにも、会話力の高い、喋るのがうまい人がいた。適切な言葉を適切な場面で選ぶことができる彼や彼女たちは場をなごませたり、こちらを嬉しい気持ちにさせることに長けている。

そんな人はやっぱりみんなから好かれていて、仕事でも評価されていた。

それに引き替え、自分はいつも的外れで言葉が足りず、人を不快にさせてしまう。

と、突然の大声が聞こえた。

「ダメダメ、今のなしだよ。君が謝ることなんてないでしょ。僕が無理を言って一緒に来てもらったんだから。謝るとしたら僕でしょう。謝らせちゃってごめんね。先生に奥様も、配慮《はいりょ》が足りず申し訳ございませんでした。至らない卒業生ですみません」

最後の方はおどけたように頭を下げている。ああ、彼もまた喋るのがとてもうまい人なのだと沙保は思った。

彼がここへ来たのは借りた本を返すためらしかった。

「わざわざ届けてくれなくても送ってくれたら良かったんだよ」

そう恐縮《きょうしゅく》する先生と彼の共通の趣味は書道、その世界ではとても貴重な手本か何かだそうで、きちんと手渡ししたかったのだと彼は言っていた。恩着せがましさなど一ミリも感じさせない、真っ直ぐで爽やかな彼の言葉だ。どうやったらあんな風に喋れるのだろうと、沙保は素直《すなお》な尊敬の念を抱いて聞いていた。

「本当に泊まっていかないのかい？　部屋なら用意できるんだよ？　食事だって一人や二人人数が増えたって平気だし」

先生と奥様の勧めに彼は快活に笑った。

「だからそれは次回、みんなと一緒に押しかけるのにとっておきます。僕は明日も仕事ですし、彼女も送って行かないと」

びっくりした。沙保はバスか何かで一人で帰るつもりだったのだ。

「あの、私は一人で大丈夫なので……」

「何を言ってるの。女の子が一人でそんな格好で危ないよ」

沙保の言葉は三人がかりで封じられてしまった。

夕方、客を迎えに行くのに便乗して駅まで送ってもらうことになっている。客のために干していた布団を取り入れ、寝具を整える手伝いをする彼の姿を眺め、憧れのようなものを感じた。人間として惹かれる。

もし自分が男なら彼の友人になりたかった。こんな風に気持ちの良い人物と友情を育めたらどんなにいいだろうと思ったのだ。

祐貴は本当に完璧《かんぺき》な人だ。

恩師との会話からは彼の母校の自由な校風と優秀さが垣間見える。大学も勤め先も超一流。多くの友人がいて、恩師夫妻が目を細めるほどの人望があることもよく分かった。欠点が見当たらないのだ。

自分などとは根本的に人間の出来が違うのだと思い知らされる。

本当は分かっていた。

友情って多分、中身が釣り合っていないと成立しない。もし自分が男だったとしても、こんな中身のない自分では、きっと彼と友人にさえなれないだろう。

帰りの電車で連絡先を交換したが、儀礼的なものだと思っていた。

そこで終わるはずだった。

だが、「また連絡するね」という彼の言葉は社交辞令ではなかった。

一緒に出かけたのはリアル脱出ゲームというものだった。

廃墟《はいきょ》になった建物から、二人で謎を解いて脱出するというものだ。

暗号を解いたり、壁に埋め込まれた手がかりを探したり、沙保はこういったものが得意だった。子供の頃からミステリー系の小説を好んだせいもあるかも知れない。

奥多摩で感じた通り、祐貴はとても気持ちの良い人物だった。

ゲームが進むにつれ、自分たちは長年の友人で、得意分野を持ち寄り、力を合わせて困難に立ち向かっていく相棒のように感じ、ひりひりするような興奮を覚えた。

沙保は昔から、男同士が共に戦うミステリーやアクション系の小説が好きだった。自分もその登場人物であるかのように思えたのだ。

その後、祐貴とは何度か会ったが、山を登ったり、サイクリングに出かけたり、雪山をスノーシューで歩いたりと冒険心をくすぐる遊びが多かった。

もちろん生理の時には誘いを断らざるを得なかったが、彼は気分を害することもなく、じゃあまたにしようと爽やかに引き下がる。

楽しかった。

ただ、少しずつ違和感を覚えるようになっていったのも事実だ。

たとえば、フットサルに誘われ、当然自分も試合に入るのだろうと思ったら、彼の仲間の彼女たちと見学席に残されたことがあった。

バーベキューに行った時もそうだ。

学生時代の友人に趣味の友達、その彼女など十五人近くいただろうか。料理は主に男性が担当し、祐貴は最高の焼き加減の肉だとか、一番大きい鮎《あゆ》だとかを沙保の皿に盛ってはみんなに冷やかされていた。

「可愛い彼女」「若いね」などという言葉が自分を指しているとは思いたくなかった。

お酒を飲みながら楽しげに語らう皆の会話の輪にも入れず、ただ微笑んでいるだけの自分が悔しく、苦しかった。

気が付いた時にはもう遅かった。

誕生日に高価なブランドのハートを象《かたど》ったネックレスを贈られた。

自分は彼と並び立つ相棒などではなく、こんな風に甘ったるく可愛いものを好む人間だと思われていたのだと知る。

それまでもうすうすは感じていたのだ。

祐貴と自分が見ている世界は同じに見えて実はまるで違うものなのではないかと。

それを認めたくなかった。

自分が求めているのはこんな形じゃない。

焦りながら、結局押し切られる形で彼の申し入れを受け入れ付き合うことになってしまったのは、それでも彼と繋がりを持っていたかったからだ。魅力的な人物と共にあることで、自分も少し上等な人間であるように思えるのだ。

だが、そんなのは錯覚《さっかく》だった。

二人の関係は対等であるようで対等ではない。もちろん、祐貴は沙保の言い分を一方的に否定したりはしなかったけれど、沙保は可愛い猫のようなカノジョでしかなかった。

沙保は物を知らない。

沙保は祐貴のような華やかな学歴も職歴も何も持たない。

音楽の趣味、オーディオやインテリアの話、沙保は祐貴から教えられるばかりだ。

沙保の方から祐貴に何かを教えることは決してない。

力を合わせて闘い、脱出した日が遠い幻《まぼろし》のようだ。

いつしか沙保は知っていることさえ主張せずに、首を傾げることさえあった。

『女の子があれも知ってる、これも知ってるなんてみっともない。難しい政治や数学の話なんかは特にそう。本当は知っていても初めて聞いたような顔をして、感心して見せてこそ、女性らしい魅力が出るの。女の子は奥ゆかしいのが一番よ』

それが母の教えなのだ。

色のない人間でありたかった。

けれど、そんなのは自分にとって都合の良い解釈でしかない。

祐貴と共にあるためには彼女や妻という色を纏わなければならないのだと思い知る。

自分のように中身のない人間が彼のような立派な人間の隣に立つためには、奥ゆかしい「女」でなければならなかった。

祐貴だけではない。聡史だってそうだ。

お前は人間ではなくて、女なのだと、皆が口々に囃《はや》し立てる。女の枠の中へ追い立てられていくような気がした。

◆

どろりと血が流れ出してくる。自分の意思とは無関係に不意打ちのように出てくるのだ。これは自分の意思でコントロールできるものではない。

経血は妊娠に備えて用意された赤ちゃんのベッドが使われることなく不要になったため、排出されるものだと習った覚えがある。

新陳代謝に過ぎないのだろうけど、沙保には自身の身体の内側から怨嗟《えんさ》の声が聞こえてくるような気がした。

またこの寝床が無駄《むだ》になってしまった。次回こそ必ずお前の生き血を吸って成長する生命をここへ迎える。逃げることなど許されない。何故ならばお前は女なのだ。子を産み育てることは宿命だ。逃げおおせるはずなどない――。

ぞっとする。

強い痛みは妊娠しなかったことへの罰なのだ。

そもそも沙保は性行為が好きではなかった。気持ちいいねと言われても何も気持ち良くない。ただただ苦痛だった。その時間が早く過ぎることだけを考え我慢していた。それは相手を替えても同じだった。彼らは皆、特別独りよがりというわけではなくて、ちゃんと沙保を気遣ってくれたが、盛り上がっている彼らの姿は別世界の生き物のようにしか思えなかった。

沙保だって必死だ。摑《つか》めない何かを必死で得ようとするが、どれだけ手を伸ばしてもどこにも何もない。空っぽだった。やっぱり自分は不完全な存在なのだと思い知らされる気がした。だというのに自らの内に潜む何者かは、せっせと赤ちゃんのためのベッドを整えている。きっと沙保の虚《むな》しさなんてお構いなしなのだろう。

『女の子はね、いい出会いがあればこんなに幸せになれるんだ』

藤乃の言葉が聞こえた気がした。

◆

以前に律が買って来ていたバタフライピーというハーブティーを飲んだ。

青の日をしようとメニューを考え始めたものの、青く染めた料理はあまり食欲をそそらないということで取りやめになったのだ。

　バタフライピーはマメ科の植物の花を乾燥させたもので、湯を注ぐと青いお茶になる。味や香りはあまりない。沙保は特においしいとも感じなかったが、面白いのは色の変化だ。アントシアニンが豊富に含まれているそうで、ライムやレモンを絞り入れると青から紫へ色が変わる。

　律とミナトは大喜びで理科の実験みたいにカウンターにグラスを並べ、様々なものを入れて色の変化を楽しんでいたが、沙保は少し長めに置いた濃い青に心惹かれた。

　群青、瑠璃から藍《あい》へ。抽出時間によって次第に深くなっていく青は涼やかでいてどこか重い。空から海へと変わっていくような気がした。深い藍色のお茶は空の爽やかさとは異なり、海の潮みたいな質量を感じるのだ。

　沢山作ってしまったお茶を前にみんなで途方に暮れてしまった。

　もう飲むのにも飽きたが、だからといって捨ててしまうにはあまりに綺麗で忍びなくて、思いついてゼリーを作ることにした。

「ゼリーいいよね」

　ゼラチンを戻している沙保の手許を見ながら、ミナトがぼそぼそと言った。

「ゼリー好きなの？」

「んん？」と彼は首を傾げている。

　とても難解な質問を受けたように真剣な表情で悩んでいるのだ。

「味は圧倒的にプリンだけどな」

　長身のミナトが沙保に合わせ、背中を丸めるようにして言う。それでいて彼は視線を合わせようとしない。彼を取り巻く空気は静かで、どこか遠慮がちで控えめだ。見えない線を越えこちらへ向かって押し寄せてくるものがない。

とても呼吸がしやすかった。

「うん。そうかも」

「でも、ゼリーって透明だから、中に何か閉じ込めておける感があるし、そこは好きかな」

ぽそぽそと語るミナトの言葉を少し意外に感じた。

ふやかしたゼラチンを青い液体に混ぜて、くるくるとかき混ぜる。

「何か果物入れる？」

缶詰のストックを指してミナトが言う。確かにその方がおいしいだろうとは思った。

「うーん、やめとく。今日はこの色だけ閉じ込めたい気がするから」

「あ。それ、分かる」

ミナトが頷いた。

「深海を閉じ込めた静かなゼリーって感じだ」

囁《ささや》くようなミナトの言葉に思わず彼の顔を見上げる。眼鏡の奥にあるのは相変わらず表情の乏しい細い目だ。

沙保もまったく同じことを考えていたせいもあるが、そんな風な感性を持つ男性がいることに驚いたのだ。


翌日、「深海を閉じ込めた静かなゼリー」を三人で食べた。

半球形の足つきグラスの中で濃い青のゼリーが揺れている。

時刻は十一時前、外は強烈な暑さだった。

寒すぎると感じ、冷房を止めると、あっという間に室内が蒸し風呂のようになる。

足つきグラスを透かして見ると、濃い藍色のゼリーが光を受けてきらきらと輝いている。深海を閉じ込めたゼリーに銀のスプーンを差し込むと、ふるりと揺れて影が差し、魚影のように見えた。

舌の上に載せるとひんやりと転がる。これといった味はしない。砂糖も控えめにしたのでうっすら甘いだけだ。

種のことを考える。

死に向かう眠りに落ちる時、どんな気分になるのだろう。

死は救いだろうか。この世のすべてから離れ、苦しみなく終わらせるための眠り。もしかすると、このゼリーみたいに深海へ深く深く沈んでいくようなものではないだろうかと思った。

群青、瑠璃、藍。それは意識の清明を示すものなのかも知れない。さらに深く沈めばそこは音のない闇だ。そのまま静かに終われたらどんなにいいだろうと思う。

光の届かない深い海には色がない。

男も女も色を取り去られ、ただの人間として眠るのだ。

種の効能が本当ならば、最後に一度海面に浮上することになる。

黒い水底から水の色を逆に辿って光ある方へと引き上げられていくのだ。

水面に顔を出した時、多幸感に包まれているというのは本当なのだろうか？　最後の最後に気分が良いと感じて死んでいけるのだろうか。

それとも忘れていた何かを思いだして、後悔に苛まれ、恨みの念に心を乱し、苦しんで死んでいくのか。

沙保は昔、海で泳いだことを思い出していた。浮力に抗《あらが》って水底へ身体を沈めていく。岩《がん》礁《しょう》や海藻《かいそう》、見たこともない鮮やかな魚たちに手を伸ばすがきらりと光を反射して身を翻《ひるがえ》して逃げていってしまう。誰とも交わることができぬまま海面を見上げた。陽光が波に刻まれ、たぷたぷと揺れていた。

やがて息が苦しくなって慌てて海面に顔を出す。その時に沙保が感じたのは途方もない寂《せき》寥《りょう》感《かん》だった。頼りなくて、寄る辺なくて、つま先から寂しさが押し寄せてきて、泣きたくなった。

深海に沈むような眠りとその延長線上にある死への憧れが飢えのように湧き上がってくる。


相変わらず律は楽しいことを企画し、実行する。

ミナトも最初は驚いた様子だったが、すぐに馴染んでいった。

近くの商店街に珍しい野菜や肉に魚まで扱う八百屋《やおや》がある。三人でそこに買い物に出かけ、献立を考えるのだ。

夕方近く、律が商店街を出たところにある郵便局に寄るというので、荷物を持って二人で待っていた。一緒に行ってもよかったのだが、暑いからここで待っててと言われたのだ。

アーケードの下、どこからかエアコンの冷気は流れてくるが、それでもやはり暑い。

ミナトは道行く人をじっと見ていた。

同じように景色を眺めていて、ふと気になった。

「スマホとか見ないんだね」

「何か疲れちゃって」

その言い方が面白くて、笑ってしまった。

ミナトは家にいる時もほとんどスマホを見ない。流しっぱなしになっているラジオの方が気に入っているようだった。

「沙保も見ないね、スマホ」

ずいぶん経ってから言われて、え、と我に返る。

「あ、私はスマホ捨てちゃったから」

「そうなんだ。ふうん、俺もそうしようかな」

「不便だけどね」

通話のみならず決済アプリもなければSNSに繋がることもできない。検索もできず、地図も見られない。新しい情報が入ってこないし、これまでに会った誰かの連絡先もすべて失った。

何となく世の中から取り残されていくような気分だ。

「でもね、ちょっとすがすがしい」

女の枠、社会人の枠、仕事を探す人間の枠、どこかの学校の卒業生の枠、親戚《しんせき》の枠。様々な枠に向かって追い立てるものすべてが途切れたせいで、自分を形作るものがなくなった気がする。

今の自分はもう何者でもないのだ。

「ああ、それはちょっといいかも知れない」

ミナトがふわりと笑った。

「いややや、お似合いやねえ。新婚さん？」

通りすがりの中年女性に言われた。

否定する間もなく、自転車に乗り「若いってええわねえ」と去って行く。

「みんな若い男女がいるとカップルと思うんだよね。なんでだろ？」

沙保が考えていたのと同じ疑問をミナトが口にする。実はこれが最初ではない。以前、もっと若い高校生の女の子たちが「うわ、あの人らめっちゃお似合いやん」「ええなぁ。うちも彼氏欲しいわ」などと囁きながらすれ違っていったことがあった。

「分かんない。そうあって欲しいのかも」

「あーなるほど」


昼食は鮭《さけ》の西京焼きに、細く切ったミョウガを浮かべた赤だしの味噌汁、ちりめん山椒《さんしょう》の混ぜごはんにオクラのおかか和え、万願寺唐辛子のくたくた煮だ。

今日は京都《きょうと》の日なのだ。

食後、やはり抹茶《まっちゃ》は欠かせないだろうと律が言うのだが、あまりにも暑いので冷抹茶になった。

通常よりも濃く点《た》てた抹茶に氷を入れたものだ。ビロードみたいな泡の立つ抹茶を見て、何となくミナトのようだと思った。

「え、それは私がクリーミーだという？」

ミナトは眼鏡の奥の目を瞬いている。

「うーん。クリーミーっていうか、空気を沢山含んでるような感じがするんだよね。柔《やわ》らかいっていうか」

「それってもしかすると……」

ミナトが話を始めた。

自分がゲイだからかも知れないと言うのだ。ふと彼の手が震えていることに気付いて、あっと思った。彼はふうと溜息をつく。

「あれ、驚かない？」

「別に、ねえ」

水ようかんを食べていた律と顔を見合わせてしまった。

「というか何か腑《ふ》に落ちた気がする」

彼がもし男であることを強調する人間だったとしたら、そのあおりを受けて沙保は女の枠に追い立てられてしまっただろう。

最初に彼がここに住むと決まった時、反射的に嫌だと感じたのはそのせいだ。

そのようなことを言うと、ミナトはほっとしたようだった。

「よかった。俺、カミングアウトするの初めてで」

ミナトの実家はその地域で知らぬ人はない会社を経営している。多くの雇用を守り、一族から途切れず県会議員を出しているそうだ。常に周囲から一挙手一投足を注目されているような状況で、絶対にゲイである自分を認めるわけにはいかなかったと彼は言うのだ。

「有岡《ありおか》の人間は常にトップに立つべし。負けることはまかりならんと言われて育ちました。家業は兄が継ぐんですが、次男とはいえ家名に泥を塗るな、父や兄の足を引っ張るようなことはするなと叩き込まれていて」

　思い出すのか、ミナトは苦しげな顔をしている。

「もうこのまま、全部封印して、強い自分を貫き通す覚悟をしていたつもりだった。でも、ある日ふと何やってんだろうと思ってしまって」

　周囲から結婚圧力が高まったせいもあると言う。縁談が降るほどあったのだそうだ。

「結婚して初めて真の社会人になるんだとか、家庭を持ってこそ一人前だとか。一度は覚悟を決めて結婚しようかと思ったんだけど、やっぱり無理だなって。だから逃げてきてしまった」

「それで死のうと？」

　律が静かに訊いた。

「だってそうでしょう？　周囲を欺いて、奥さんになる人や自分を騙して、一体これ、誰の人生なんだろう」

　まったく同じことを考えたことがあると言うと、二人は驚いた顔をした。

　祐貴の許から逃げてきた話をすると、ミナトが頷く。

「恋愛できないの、聞いたことがある。もしかして、アセクシュアルってヤツ？」

「うん、そうかも知れない。けど、よく分からない」

ジェンダーの問題で採り上げられることの多いLGBTにQを加えたLGBTQ。Q、つまりクィアまたはクエスチョニングの中にアセクシュアルは含まれる。異性同性問わず他人に対し恋愛感情や性的な欲求を感じない特性のことらしい。

厳密にはもう少し詳細な区分があるようだが、沙保が広義のアセクシュアルに入るのは間違いなさそうだった。

ジェンダーを定義する様々な言葉の一覧をこれまで何度も眺めた。性同一性障害、Xジェンダー、ノンバイナリー。どれもが自分に当てはまるようで、どこかが違うと感じる。アセクシュアルだって、本当をいえば何か違う気がするのだ。

それでも、自分自身を説明するためのレッテルが存在したことにほっとしたのは確かだ。

そのレッテルを貼ってしまえばきっと楽だと思う。自分はそういう人間なので、と言ってしまえば、周囲は引き下がらざるを得ないだろう。理解されるかどうかは別として。

「レッテルかあ」

ミナトが呟く。

「何かさ、LGBTQってそれこそレッテルがあって、そのレッテル見たら進入禁止の標識見たみたいにヒヤッとするってかさ、おっと、こっちはダメだなって、そこから入ってこなくなる。みんなが遠巻きにする感じ。腫れ物に触るっていうのかな、何だかセンシティブ扱いだよね」

「そうなのかな」

「うん。俺はそこに入る勇気がなくてうろうろしてる人間だから、余計に感じる。そりゃ差別されたり迫害受けるよりはずっといいんだろうけど、共存とかじゃなく隔離されてるように思えてね」

「そうよねえ。当たり前のように日常の中で隣人としているのが理想なんでしょうけど、心の障壁《しょうへき》っていうのかしら、そんなのがなくなるまでにはまだまだ時間がかかりそうね」

律の言葉に、ふと思う。

自分のような人間は当たり前のように日常の中で存在してはいけないのだろう。

むしろ、この「人を愛せない人間」だというレッテルを常に首から提げておく方がきっといい。

最初からそうしておけば、聡史や祐貴をあんな風に振り回すことはなかったのだ。

ＬＧＢＴＱと一括《ひとくく》りにされているけれど、個々の事情はずいぶんと違う。

たとえばゲイの人はゲイと自認することで、仲間に出会う可能性がある。ミナトはちゃんと人を好きになれるのだ。

けれど、沙保が自分のレッテルを認めたら、死ぬまでひとりぼっちであることが確定してしまう。自分は誰のことも愛せない、性別もはっきりしない不完全な人間ですと喧伝《けんでん》して歩くようなものだ。

普通じゃない。あいつ、ヤバくね？　気持ち悪い――。散々言われてきた言葉が頭の中でこだまする。

ドンッと腹に響く低い音、窓ガラスがびりびりと震える。

八月初めに淀川で関西有数の花火大会がある。洋館のある場所より数キロ上流の梅田と十《じゅう》三《そう》の辺りで二万発の花火が打ち上げられるのだ。

喫茶店カウンター一杯に料理や皿、グラスなどが並んでいる。

チョコバナナやイチゴ飴。このために買ったホットプレートでは焼きそばと、焼きトウモロコシにフランクフルトが並んでいる。お祭りの屋台さながらに香ばしい匂いが漂《ただよ》っていた。

「喫茶店をやっていた頃は毎年ここでビールなんか飲みながら常連さんたちがわいわいやってたみたいなんだよね」とミナトが言う。

縁側とは逆方向になるので、喫茶店の店舗部分から外に出て空を見上げた。

色鮮やかな花火が次々に打ち上がり空を染める。川には小型の船やボートが何艘《なんそう》も浮かび、堤防にも見物の人が詰めかけている。

幾重にも重なって大輪《たいりん》の花が開く。打ち上がる度、ドーンと大きな音が響く。黒い空にきらきらと光の粒が舞い落ちるのが見えた。

目を閉じてもいつまでも残像が浮かんで、頭の芯が痺《しび》れたようになる。

「嘘みたいに楽しい」

思わず呟いた。

「本当よね。なんて素敵な場所になんて素敵な時間なのかしら」

律の言葉に頷く。

ここへ自分は死にに来たはずなのに、楽しい時間ばかり与えられて、いつの間にか死ぬのを躊躇《ちゅうちょ》してしまうのだと思い知る。

花火の後でミナトの部屋に招かれた。

二階にあるのは三部屋だ。急な階段を上がってすぐに四畳半の和室、いつまでも喫茶店で寝るのはかわいそうだと律が言い、ミナトが使うようになった部屋だ。

短い廊下を抜けた奥が沙保の使っている六畳の洋室。ミナトの部屋と隣合う形でもう一つ洋室があったが、そこは前の住人の持ち物が残されているため和室の方を押しつけた。

その和室の押し入れにノートが沢山残っているとミナトが言うのだ。

表紙に『自由にお書き下さい　待合室』と書かれたノートは訪れた人が好きに書くことのできる、観光地によくあるようなものだ。

数十年にわたり、この喫茶店を訪れた人たちの記憶が残されている。

高校生だったミナトが書いたという文字も残っていた。

さすがに常連の人はあまり書かないらしく、喫茶店の評判を聞きつけて訪ねて来た人、喫茶店巡りが趣味の人、たまたま訪れたらしい人たちがほとんどだが、ぱらぱらと眺めていると、悩みを抱えて遠方からやってきた人が店主と話すうち気が楽になったなんて記述もあった。

ふと手が止まる。

見覚えのある文字を見つけたのだ。

日付を見ると、三十年近い前だ。

奥の自室から『暗い日曜日』のレコードを取ってきて見比べる。

やはりそうだ。几帳面ながらどこかあたたかみを感じさせるインクの文字は沙保をここへ誘《いざな》ったメモ書きと同じ人の手によるものだった。

私は自分が何故ここにいるのか、分からない。

分かるのは自分の名前だけ。

今日からここで私は一から新しい人生を始めるつもりです。

伊藤由利香

内容の不穏《ふおん》さに言葉を失う。

「あ、本当だ。同じ人っぽいな」

レコードのメモとノートの文字を見比べていたミナトが顔を上げた。

「由利香さんかあ」

「え、もしかして知ってる人？」

いや、とずれた眼鏡を直しながら、ミナトはこちらを見る。前髪の向こうの瞳には探るような色があった。

「実はさ、由利香さんに関しては別のノートがあるんだ」

ミナトは表紙に何も書かれていないぶ厚いノートを指さす。

「この人、本当に記憶喪失《きおくそうしつ》らしい。ざっと読んでみたんだけど、ここへ来てから一年近く住み込みで働いてたっぽいね」

ノートの最初の日付は二月だ。

このページと隣合う表紙の裏には冒頭の日付から十ヶ月後、十二月の日付と署名、ヒサエさんの勧めでこのノートを書き出したことが書かれている。

そして、同じような悩みを持つ人のためになればと書き添えてあった。

「プライベートなものだし、僕も読んでいいものかどうか迷ったんだけど」

ミナトによれば、このノートには伊藤由利香という人物が記憶を取り戻していく過程が書かれているそうだ。

感想を訊ねると、ミナトは難しいなあと複雑な表情を浮かべた。

「まず感じたのはね、男には分からないことが多いんだなってこと。僕はゲイだから、他の男よりも多少は女性の立場に近いのかと思ってたけど、いや、そんな簡単なものじゃなかった、何かすみませんでした、ってなった」

一体何が書かれているのか気になって、沙保はノートを自室に持ち込み、読んでみた。


取り巻いているのは闇と絶望。

私は五感を失ったみたいだ。

何かを見ても聞いても心に届いてこないし、痛みも味も香りも感じない。

私は本当に生きているのだろうか？

実はもう死んでいて、霊になってここまで漂って来たのではないだろうかと考える。

何故、ここにいるのか、ここは何処なのか、そんなことさえ分からない。

でも、不思議と怖くなかった。

優しい人がいるおかげだろうか。

心は静かに凪いでいる。

私は何もかも失って、どん底にいる。

これ以上、奪われるものは何もないのだ。

ここでは不思議と呼吸が楽だ。

酸素マスクみたいに濃度の高い酸素が供給されているのかも知れない。


次いで住む場所と仕事を与えてくれたヒサエさんに対する感謝が記されている。

そこからしばらくは日々の記録が続いていた。

季節の移ろい、縁側から見える海と川、花や鳥の観察。

近所の人、常連客、時折やってくる悩みを抱えた人たちとのやりとりなども書かれている。

由利香は懸命に働き、彼らと共に笑ったり泣いたり、忙しい日々を送っていたようだ。

やがて、彼女の気持ちに変化が起こる。

悩みを抱える人たちに何かしてあげたいと考えるようになっていくのだ。

読み進むうち、沙保は由利香という人物が好きになっていった。

何もかも忘れてしまったのに、だからこそなのかも知れないが、本来の彼女が持つ芯の強さみたいなものが文字の間から立ち上がってくるように思えるのだ。

他人に甘えるだけではなく、他人のために何かをすることで自分を取り戻そうとしていたのだろうと感じた。

少しずつ由利香の真実が明かされていく。

沙保の中で、彼女のことを知りたいと、強烈な衝動が湧き上がった。

反面、知ってしまうのが怖いとも思う。

芯の強い彼女の心をここまで壊したのは一体何なのか。沙保はページを捲《めく》るのが怖くて、躊躇している。


誰もが知る一流企業の志望学生向けサイトを見ている。

映っているのは勤続五年目の「先輩社員《せんぱい》」だ。同じ人物が一年目、三年目、そして五年目とその時々のやりがいや目標、社内の雰囲気や自分の立ち位置などを語っているのだ。

『そうですね、私は――』

真っ直ぐ前を見て語る青年は自信に満ち溢れているように思えた。

表情も目つきもどこか傲慢《ごうまん》ささえ感じさせる。挫折など知らないエリート社員に映った。

これがミナトだと言うのだ。

「別人みたい」

わあと歓声をあげながら、律と二人でつい動画と目の前の人物を見比べてしまう。

今のミナトは髪型にまで空気が含まれているかのようだ。まったく鋭さはない。長めの前髪が眼鏡のフレームにかかってしまっている。

中学や高校にはスクールカーストが存在した。一軍と呼ばれるグループにいた男子生徒の筆頭は容姿が整い、陽気でスポーツができ、成績もそこそこ、性格も良く、先生からの信頼《しんらい》も厚かった。学年を問わず、それどころか他校も含めて女子生徒から恐ろしくモテていた。きっと彼らは人生、何もかもうまくいくと信じて疑わないし、実際そうなのだろう。他人から嫌われる心配などしたこともないに違いないと沙保は思っていた。

その彼に動画の青年はとても雰囲気が似ていた。

「アナタ、本当にずっとこんなだったの？」

律の言葉にミナトは「子供の頃からずっとですよ」と言って、溜息をついている。

「何かね、これをやってるとそんなもんだと思えてくるんですよね。でも、ずっと全速力で走り続けてる感じ。無理やりテンションあげてるから。一度、気を抜いたら、どっと疲れが襲ってきてしまった。僕は今、療養中の気分」

療養中という言葉になるほどと思う。

ここでは何者にもならなくていいのだ。

由利香のいた時代から三十年も経っているし、かつての店主ももういない。

なのに、ここは今でも不思議と呼吸のしやすい場所だと思う。

ミナトの一人称は俺だったり、僕だったりする。多分、無意識だ。彼がどうありたいのか、その時々によって変化しているのではないかと感じた。

真夏の日ざしを浴びて、水面がきらきら輝いている。川幅の広い川とその向こうに拡がる海だ。時刻はもう五時を過ぎているのに、八月の太陽はまだまだ元気で、気温も三十度をはるかに超えていた。

「散歩にでも出かけましょうよ」という律の提案で出かけて来たのだ。

「ニューヨーク、アラスカ、ああ別にアメリカとは限らないわよね。南米でもアフリカでもギアナ高地でも、それこそ国内でだって、人は旅人。どこでだって生きていけるわ」

「ま、そうなんですけど」

水門の脇を抜ける細い道を歩きながらミナトが頷く。西の空に回った太陽がまともに照りつけて恐ろしく暑かった。

「律さんは若い頃にアメリカに渡ったんですよね。それって新天地で別の人生を歩むような感じだったんですか？」

「そうねえ。昔のことだから、もうよく覚えてないけど多分そうだったんだと思うわ」

ミナトは空を見上げた。

つられて見ると、強烈な光量の青い空がどこまでも拡がっている。

「僕はこの国で生まれ、この国に縛られて生きていくべきなのかなあって思いから抜け出せないんですよね」

「ヤダあ、アナタ、それで結婚圧力がのしかかってきて、死のうとまで思い詰めたんでしょ。本末転倒もいいとこだわ。なんでそんなにこの国にこだわるの？　アナタを苦しめる国なんて捨てて新天地を目指せばいいのに」

ミナトは、はあと息を吐く。

「何でなんだろ、この国を維持するために国民が守るべき規範みたいなものがあるのかなって。皆がそれを努力して守っていかないと、これまで築いてきた秩序が崩壊してしまうんじゃないかな。特にウチはその手本たれという立場で来てるので、俺が率先してそこから逃げ出すわけにはいかなくて」

「まあぁ、若いのに保守派の鑑《かがみ》みたいな人だこと。呆れつつ尊敬しちゃうわ。ミナト、いいこと？　アナタ一人が脱線したからって、さあみんな後に続けとはならないわよ。そんな影響力ある？　ないわよね。もし本当に雪崩を打って秩序が崩壊したっていうなら、それは後ろのみんながもう限界に達していたってこと。なるべくしてなったってことなのよ」

タワーマンションが建つスーパー堤防を通り越すと堤防の幅が狭くなる。川と反対側を見ると徐々に民家が減って工場や会社の建物が増えてくるのだ。

ミナトは川面を見ながら細い目を更に細めている。

「仮に、僕がアメリカに渡ったとしますよね。ではアメリカで何をしたいかって言われると分かんないんです。これまで人生で勝つことしか考えてなくて、それがすべての価値基準っていうか。本当は自分が何をしたいのか、何になりたいのかなんて考えたことがなかったなあって」

「そんなの今から考えればいいわ」

律の言葉にミナトは、ははと力なく笑う。

「その気力が……」

「一度死んだつもりで裸《はだか》一貫、一から出直すのはどうかしらねえ。とにかくアナタは自分で自分を縛ってるその檻《おり》の中から大空の下へ飛び出すべきよ」

海のある西の方角に向かって更に進んで行くと、やがて堤防が低くなり、コンクリートの壁が続く場所に出る。高速道路の高架が頭の上を横切っている。湾岸線だ。

堤防が尽きる先にはマリーナがあり、椰子《やし》の木の向こうに何艘ものヨットが停泊しているのが見えた。あそこはもう大阪湾だ。少し引き返し、川へ降りるための箱形階段を登って堤防壁に腰かけた。

川を眺めながら三人で横並びになって話をしている。空には入道雲が湧いていて、時々、水面に魚が跳ねると、ぼしゃんと大きな音がして波紋が拡がった。背後を自転車やランニング中の人が通るほかは、意外に静かだ。

「ねえミナト、アナタが囚われているのは時代が変われば、何それ嘘でしょって言われるような不確定なものなのよ。価値観や常識なんてよく言えば柔軟、移ろいやすいものだわ。いずれ形を変えるもの。その気になればいくらでも変えていけるはずよ」

実際、沙保たちより下の世代は学校で多様化についての教育を受けている。

その子たちが世の中の主流になれば、沙保もミナトもずいぶん生きやすくなるのではないかと律は言うのだ。

「それはそうかも知れませんけど、僕はもうそこまで生き長らえる自信ないです」

諦めたようなミナトの言葉に律は、アラァと落胆したような声を出した。

「誰かが変えてくれるのを待つだけなの？　座して死を待つの？　生きながらに腐っていくぐらいなら、自分の手で世界を変えればいいじゃない」

ミナトは無言だ。

自分の手で世界を変える？　この人は何と夢みたいなことを言うのだろうと思った。

「沙保嬢もそうよ」

こちらを向いて言われ、驚く。

「一度病院に行きましょう。アタシもついていってあげるわ」

「病院？」

「だってアナタ、生理が重いでしょ？」

一瞬、言葉に詰まる。

「三日間部屋に籠もりきりだもんね。それじゃ仕事も難しいと思う」

ミナトにまで言われ、自分でも驚くほど頭に血が上った。

「どうせ」

これまでならば、悲しげに微笑んで終わっていただろう。だが、沙保は腹の中の憤《いきどお》りを抑えきれず、怒鳴るように言った。

「どうせ私なんかまともに仕事もできないもん。ミナトなんかエリートの勝ち組でしょ。私なんか、生理があったってなかったってどうせちゃんとした仕事になんか就けない」

「いや、俺は努力もしたし、歯を食いしばって頑張ってきたよ」

いつも通り感情の薄い気の抜けたようなミナトの物言いに言葉を飲みこむ。

「はいはい、まずは病院よ病院。いいこと沙保嬢？　今のアナタは生理に支配されてしまってるわ。そりゃあそうよね、アレがとんでもなく面倒臭いのはアタシも知ってるわ。痛みを我慢してこそ女の鑑とかって寝ぼけたことを言う連中もいるんだもの。やんなっちゃうわよね」

母のことを寝ぼけた連中と言う人がいるのかと笑いそうになった。

律は諭《さと》すような口調で続ける。

「今は薬でいくらでもコントロールできるのよ。あんまり痛みが強すぎると何かの病気が隠れてるのかもって心配もあるわ。とにかく自分の身体を知ること、専門医の意見を聞くこと。その上で生理も含めた人生を、誰でもないアナタが支配するのよ」

　自分の人生を自分で支配する？

　びっくりして律の顔をまじまじと見つめてしまった。

「あ、あのさ。とんでもないこと言っていい？」

　ミナトの言葉に何を言われるのかと身構える。

「俺ね、沙保を見てて何かすっごく落ち着かない気分になることがある」

「どういう意味？」

「沙保の目だよ。何か探してるように見える。縋りついてくるみたいっていうか。寂しいって泣いてるみたいな」

　言葉が出ずに固まっている沙保を見て、ミナトが慌てて言った。

「ごめん。言い方悪かったかな。でも落ち着かないってのは本当。俺の中の男の部分が落ち着かなくなる。沙保、無意識かも知れないけど、男に助けを求めてるんじゃない？　だから庇護《ひご》欲《よく》をくすぐる。やっぱり女の人は多かれ少なかれ男に依存する部分があるんじゃない？」

　衝撃だった。自分はそんな風に見えるのかと思ったのだ。

　悔しくて泣けてきた。でもこんなことを言われて泣くなんて絶対にしたくなくて、思い切り唇を噛む。同時にどこかで納得している部分があった。そう考えると過去の男たちの言動が腑に落ちるのだ。

対等でありたいと思っていた。対等でいられるのだと思っていた。

なのに彼らは自分に女の役割を押しつけてくる。

何故分かってくれないのか、何故対等の関係を作ってくれないのかと憤りを感じていた。

だが、違った。

悪いのは彼らではなく、彼らをそうさせた自分にこそ原因があったのだ。

堤防の上に立ち上がる。

「律さん、本当にそんなことできる？　私、自分の足で立てる？」

「オホホホ。もちろんできるわよお。まずは医学！」

思えば、小学校でスカートを汚してしまったあの日から、ずっと縛られていた気がする。

もし本当に生理を支配できる日が来たら、諦めていたものをもう一度、この手にできるのだろうかと思った。


受診を決めたものの、病院に行くのはやはり気が重く、つい一日延ばしにしてしまう。しかし、律たちには言っていないが、沙保は仕事を探すつもりでいるのだ。

この問題を避《さ》けては前に進めない。ようやく思い切って出かけた。

律が一緒に行こうかと申し出てくれたが、さすがに恥ずかしいので断った。

低用量ピルを処方され、飲み始めると生理の痛みは嘘みたいに軽くなった。

これまでの十年間が一体何だったのかと、何もかもが根底から塗り変わってしまうような激変ぶりだ。もちろんまったく痛みがないわけではないが、我慢できない程ではない。

「こんなんでいいのかな？」

痛みがないのはいいことのはずなのに、何故か後ろめたく感じる。縁側でお茶を飲んでいる律の隣に腰かけ訊くともなしに訊くと、律はこちらを見て、大きく目を見開いた。

「やぁだ、何言ってるの？　いいに決まってるじゃない。言ったでしょ？　女だからって生理は痛くて当たり前じゃないのよ。そりゃ原始時代なら手の打ちようがないかも知れないけど、薬でどうにかできるならすべきよね。なんでそこに罪悪感があるのぉ？　あなたの身体はあなたが船長なの。ちゃんと隅々《すみずみ》まで把握《はあく》して舵取《かじと》りするのよ。取れる痛みをわざわざ残して味わうなんて酔狂なことはおよしなさいな」

アラ、原始時代の人に生理痛ってあったのかしら、なんて呟き始めた律の隣で、沙保は段々腹が立って来た。

これが当たり前の姿だというのなら、自分は一体どれだけの時間を台無しにして来たのだろう。選択をいくつ犠牲《ぎせい》にして来たのだろう。そんな考えが頭の中で渦《うず》を巻く。

誰を恨めばいいのか、分からなかった。

そういうものだと思わされて来たのは確かだが、その気になれば自分で情報を探し、改善の方法を探すことも出来ただろう。

悔しいと思った。

もっと早くに律に会いたかった。

そうしたら、どんなに豊かな人生を送れていたのだろうかと考える。

ううん、と沙保は頭を振った。

まだ終わっていない。

自分の人生はまだ続く。

もう種を欲しいとは思わなかった。

まだ、やっていないこと、できなかったことが沢山ある。見たことのない景色を見てみたいと考えた。


そうはいうものの、沙保は日増しに焦りを感じるようになっていた。仕事場での人間関係がうまくいかないのだ。

最初に働きに行ったのは物流センター倉庫のピッキング作業のアルバイトだ。これは一人でする作業が主なので人間関係が問題になることはないだろうと思ったのだが、初日から早速、リーダー格の正社員に目の敵《かたき》にされた。

三十ぐらいの女性で、横柄《おうへい》な口を利く人だ。ろくに業務を教えてもらえず、何かというと名指しで叱られる。

「あの人、いつもそうやねん。若くて可愛い女の子が来るとああやっていびり出すんよ」

「助けてあげられたらいいんやけど」

休憩《きゅうけい》時間、五、六十代のパート女性たちがヒソヒソ声で言う。よく見ていると、正社員女性は彼女たちに対しても当たりがきつい。それでいて、ボス格のベテランパート数人とは仲がよく、時々、冗談を言い合い大きな声で笑っている。声をかけてくれた人たちはベテラン勢から睨《にら》まれないよう気を遣っているらしかった。

やがて沙保は正社員の意を汲んだベテラン勢からも厳しく叱責されるようになってしまった。よほど見かねたのか、年配女性が言う。

「ひどいよね。お姉ちゃん、何も悪くないのに。でも、ここはあんな人が幅を利かせてるんよ。あたしらみんな他に行くとこないから我慢してるけど、お姉ちゃんなんかまだ若いんやから、いくらでも他に仕事があるやろ？　替われるんやったら替わった方がええよ」

そう囁かれ、沙保は二週間も保たずアルバイトを辞めた。


由利香のノートを読んでいる。

由利香の両親はその日暮らせればいいという陽気でお気楽な考え方で、由利香はとにかく自由、常識なんてどうでもいいという価値観の中で育ったそうだ。

いい意味でも悪い意味でも空気を読まず、日本社会との折り合いなんてまったく考えてなかったと書いてあるのを見て、ミナトと正反対だなと思った。

ふと、由利香は現在何歳ぐらいの女性なのだろうかと気になった。

由利香は四年生大学を卒業している。

記述を読むと、待合室に来た時点で大学を卒業して十年は経っているようだ。彼女が卒業したのは四十年近く前ということになる。

三十年前でも四年制大学を選ぶ女子は今ほど多くなかったと母から聞いたことがあった。

短大を出て数年間企業に勤め、そこで知り合った男性社員と結婚するのが王道。会社としても女子社員は花嫁候補として採用していた時代だったそうだ。

母が四年制の女子大に固執するのは、名家では縁談の際にその学歴を望まれることが多かったせいらしい。

もちろん純粋に学問を修めるために四年制に進む女子もいたはずで、由利香もかなり優秀だったようだ。

ところがある日、由利香の両親は交通事故で他界、進むはずだった大学院への進学は断念せざるを得なくなった。

四年になっての急な進路変更だったため、就職活動は難航した。

少し調べてみたが、当時は四年制大学を卒業した女子の就職はかなり厳しかったようだ。短大卒の方が圧倒的に有利だったのだ。

結局、由利香は教授の紹介でどうにか事務の仕事に就くことができた。

『そこで私は人生最大のミスを犯した』と由利香が書いている。

猛アタックしてきた男性と結婚したのだ。

親は亡くなり、他の人と違う価値観を持つ由利香は世の中とうまくやれないことばかりだった。

そこに現れた男が救世主に見えたのだ。

しかし、結婚生活は最悪だった。

優しく思いやりのある人だと思っていたのに、結婚した途端、男は豹変した。

由利香は仕事を辞めることを強要された。

当時は結婚したら仕事を辞めて家庭に入るのが当たり前だったようだ。

ただ、それまで自分の能力で人生を切り拓いてきた由利香には、牙《きば》を抜かれるような思いがした。

おまけに、当初の約束は違《たが》えられ、夫は由利香に相談もないまま転職を決め、地方都市にある両親の家に同居することになった。

一家揃って、女性を無償《むしょう》の家事労働要員か何かと思ってる人たちだった。

由利香の父親は料理も掃除も洗濯も得意だったが、夫の家では男は台所に入らないと決まっていた。

嫁は働き者で子供を産めばいいと毎日のように言われ、由利香は違和感を募らせていく。

私は子供の頃から自分の性に違和感があったのかも知れない。かといって男になりたいというわけではない。

別に性別は男でも女でも、それ以外でも、何でも構わなかった。

この記述を読んで、沙保は頭を殴《なぐ》られたような気がした。

まるで自分だ。

三十年も前に同じようなことで悩んでいた人が同じ場所にいたのかと思うと、不思議な巡り合わせを感じる。

自分は由利香が書いたレコードのメモに導かれてここにいるのだ。時を超えて彼女と魂《たましい》が共鳴するような不思議な感覚があった。

だからこそかも知れない。彼女のノートを読み進めるのは覚悟のいる作業だった。

由利香はここへ来た時、記憶を失っていた。一体、彼女の身に何があったのか。知りたい反面、恐ろしい。

実際、読み進むに従って、由利香の状況は悪化する一方だった。

由利香は夫の親戚からも色々言われた。

『女に学をつけても、頭でっかちになるばっかりでロクなことがない。あの嫁がいい見本だ』

自家の嫁がそんなでは大変だと思った姑《しゅうとめ》は徹底的に由利香を「教育」した。

女は男性が気分良く過ごせるように心を配るものだとか、家庭は外で働いて疲れて帰って来る主人に安らぎと癒《い》やしを提供する場だとか。もちろん親戚づきあいをうまくやるのも女の仕事だと。

そして一番重要な「仕事」が発生した。由利香が妊娠したのだ。

それまで騙しだまし来ていた性に対する違和感がピークに達していた。身体と心を引き裂かれるような感じだった。こんなのは自分じゃないと嘆く由利香に、沙保は自分の全身が震えているのを感じる。

由利香は「可愛がる」という言葉が嫌いだと書いている。今夜は可愛がってやるとか、ご主人に可愛がってもらいなさいとか、婚家の周辺では平気で飛び交う言葉を思い出しただけで今でも吐きそうだというのだ。

どこにも逃げ場がなかった。

子供が生まれると由利香は更に苦しい状況に陥る。

憎かったわけじゃない。子供はちゃんと可愛かったし、愛おしかった。

私はちゃんと母だったつもりだ。

でも、私がやってた母親と、世間が思う母親像は違った。

どんどん母にされていく。

個人として名乗るべき名前を持たない妻であり、嫁であり、母という存在だ。

私という存在は消されていった。

それでいて、私は何もうまくやれていなかったみたい。

子供が喋るようになってまず言ったのは「なんでお母さんはよそのお母さんと違うの？」だったし、口さがない周囲からは男親が二人いるような子育てだと揶揄された。

やがて私は夫や姑、舅《しゅうと》を始めとした親戚、近所の人々からも糾弾《きゅうだん》され始めた。

何をしたつもりもないし、やるべきことを怠ったわけでもなかったはずだ。

ただ、あるべき母親の姿とは違ったというだけのこと。

事態は悪化する一方だった。

義理の両親や親戚は離婚を勧めたが、粘着質《ねんちゃくしつ》の夫がそれを許さなかった。

毎日、生き地獄のようだった。

夫は力で私をねじ伏《ふ》せ、征服しようと苛んだ。黙って耐えることはできなかった。私にとって、自分が人間としているための最後の砦《とりで》だったからだ。

殴り合いの果て、髪を掴まれ、引きずり回された。

手に触れたペンの先を夫の手に突き立てた時、恐ろしい咆哮《ほうこう》を上げ、理性のかけらさえなくした野獣のような男によって私は階段から蹴り落とされた。

激しい勢いで一階まで転がり落ちた私の周囲には血だまりができていた。

怪我からの出血だけではない。大量の出血はお腹の子供だったものだ。

病院で子供の死を告げられた際に感じたのは、怒りと悲しみだけではなかった。どこかで少しほっとしている自分もいた。

暴力の果てに身ごもった子供を愛せる自信がなかったからだ。

上の子供とも引き離され、私は精神科病棟に入院した。

入院中にようやく離婚が成立したが、私はひどく心を病んでいた。


思わずノートを閉じる。

身体の震えが止まらなかった。

この先の彼女の事情を知るのが心底恐ろしい。由利香の話は、あったかも知れない沙保の未来だ。自分を騙し、違和感を誤魔化して祐貴と結婚していたら多かれ少なかれ同じような道を辿っていたかも知れない。

そうなればもう自分一人の問題ではない。複数の人間の人生を狂わせてしまうことなのだと思い知らされた。

第三話　逆さに降る雨

「まず笑顔」

ミナトの言葉に、はあ、と答える。

海沿いの物流センターで働き出したミナトは腹立たしいぐらいうまくやっていた。

洋館でのミナトはエネルギーを節約しているそうで、あまり感情を表に出さない。動かない鳥みたいに表情も変えず、じっと小さくなって本を読んでいる。そんな姿しか知らなかったので、偶然、出会った職場の同僚《どうりょう》との会話を聞いて仰天した。

どこからどう見ても明るく、爽やかな好青年だったからだ。実際ミナトは職場では人当たりも仕事の要領も良く、リーダー候補と目されているらしい。そういえばそもそも彼はカースト上位の勝ち組だったと思い出した。

あまり自分から話そうとしないが、ミナトだって、何も苦労がないわけではないはずだ。職場でカミングアウトをするかどうか、随分悩んで、結局しないことにしたらしい。今の仕事をずっと続けるわけでもなし、あえて波風を立てることもないかと考えたようだ。

「笑顔とは？」

「笑うんだよ。別におかしくなくても楽しくなくてもとりあえず笑う。あと挨拶。たとえ相手の反応が微妙でもめげずに挨拶。これで好感度倍増、間違いナシ」

「ふうん」

物流センターの次に沙保が採用されたのは事務センターみたいな場所の派遣社員だ。ビルのワンフロアに正社員が詰める部門があり、別室で派遣社員ばかり三十人近くが働いていた。

ミナトの言う通り挨拶と笑顔を心がけた結果、予想外のことが起こった。

派遣の方は圧倒的に女性が多いのだが、何人かの正社員の男性から食事に誘われ、連絡先を訊かれた。もちろんすべて断ったのだが、日に日に他の女性社員や派遣社員たちの態度が冷たくなっていった。

「笑顔が事態を悪化させていくんだけど」

家に帰ってミナトに文句を言う。

「なんでそうなるのさ？」

「知らない」

「愛想良くしすぎたのかな。男は愛想良くされると自分に好意があるって都合の良い解釈をする生き物だからね」

「早く言ってよそれ」

ミナトはずれた眼鏡を直しながら宙を見ている。

「愛想量のコントロールが難しいのなら、男のまったくいない職場に行くか、男には笑わないようにするか、かな」

「愛想量って何」

また仕事を探すのかと暗澹《あんたん》たる気持ちになった。

「あ、じゃあさ。好感度の高い先達を真似するってのはどう？」

そう言ってミナトが律を指す。

「は？　私がおネエさんの真似をするの？」

どう考えたって無理があるだろうと思いながら真似してみたが、やはりひどいものだった。

ミナトがあーと天を仰ぐ。

「この話はなかったことにしようか。あれはやっぱ選ばれし陽キャじゃないと無理なんだな」

陽キャとは陽気なキャラクターのことだ。

「陰気な人間は陰気な村で陰気に過ごしたい。何故、陰気でいてはいけないんだ」などと言っていると、オホホと律が笑いながら入って来た。

今日はミナトと沙保が休みなので二人で料理をしている。二人が仕事の日はどうしても律に負担がかかるので、今日は休んでもらっていたのだ。

「話は聞いたわ。そんな沙保嬢にいいことを教えてあげましょう。実はアタシもアメリカに渡った当初は陰気な村の住人だったのよ」

「嘘だ」ミナトと二人で声を揃えてしまった。

「ねえ、どうしたらあなたみたいになれるのかな？」

沙保の問いに、律は華やいだ笑みを浮かべ、両手を拡げて少し肩を竦めて見せる。

「とっても簡単なことよ。何も気にしない、何も悩まない。誰かが何か言ってても気にしないわ。お猿さんがお芋を持ってキキキッて喜んでるんだわと思えばいいのよ」

「上級者向けすぎない？」

思わずミナトと顔を見合わせてしまった。

「え、でも、なんかちょっと寂しくないですか？　僕、律さんが何かに腹を立ててるのを見たことがないんだけど、それって寛容なだけじゃなくて、端《はな》から他人に何の期待もしてないってことになりますよね」

ミナトの言葉に律が頷く。

「アラ、鋭いわねミナト。確かにそうよ。他人に期待しなければ、腹も立たないし、心ない言葉に気持ちが波立つこともないのよ。寂しいかしらね？　アタシはあんまりそうは思わないのよ。だって、全部自分が選んだことだもの」

律の口からこんな虚無的な言葉を聞くなんて思わなかった。ショックだったが、彼女の軽やかな性格がそうした考え方から作られているというのも納得できるものではあるのだ。

「それにね、他人と深く交わり過ぎないことには利点もあるわ。未練になるものがなければ、人生を綺麗に終わらせることができるでしょう？」

胸を衝《つ》かれたような気がした。

何かが間違っていると思う。

反論したい。なのに、沙保の頭には一つも言葉が出て来なかった。

結局、職場へはぎこちない笑顔で挨拶をしながら、誰からも興味を持たれないよう気配を殺して通っている。

付き合ってくれと言ってきた男性に、一呼吸置いて言ってみた。

「あの、実は私、アセクシュアルなんです。ごめんなさい」

翌日から、何となく皆に遠巻きにされているような気がした。ひそひそとこちらを見ながら同僚たちが何か言っている。

律に倣って猿がお芋を持って喜んでいるのだと、気にしないようにしていたつもりだったが、そういうわけにはいかなかった。

昨日まで普通に会話できていた相手から突然シャッターを下ろされたような感じだ。学生時代のことがフラッシュバックして、吐きそうになる。

生理でもないのに下腹部に痛みを感じた。解放されたはずの生理痛が戻ってきたかのようだった。

「あのさ、月島さんてＬＧＢＴなの？」

数日後、年嵩《としかさ》の派遣仲間に訊かれて驚いた。噂好きのスピーカーのような人だ。そんな話になっているのかと驚く。同時にみなの反応に合点がいく気がした。

それにしてもすごい質問だ。笑いそうになったが、相手は真面目だ。

「ＬＧＢＴって何のことだと思ってます？」

「うーん。何かよく分からないんだけど、あれでしょ？　ホモとかレズとかそんなヤツ」

以前にミナトがこの問題については皆が気を遣いすぎて、腫れ物に触るような扱いを受けると言っていたが、「普通」の人の知識はこの程度らしいと知る。

「そうなんですけど、私のはそれじゃなくて、どっちかというとQに当たるみたいです。恋愛に興味がないので」

相手は大袈裟に驚いて派手な声を上げた。

「あらー、そうやったん？　いやあ、もったいないわねえ。若くて可愛いのに」

力なく笑う沙保の肩を叩いて、彼女は言った。

「まあ、長い人生、そんな時期もあるわよね。分かった。私がみんなに言っておいたげる」

どう説明してくれたものか、あまり遠巻きにされなくなったものの、今度はそれこそ腫れ物に触るような態度で接する人が増えた。

あまり干渉されないので、これはこれでいいのかと思っている。


液晶タブレットを取り出し、単純な線で漫画のようなイラストを描いている。

スノードームの底に洒落《しゃれ》た窓の洋館が沈んでいる。以前、喫茶店だった建物だ。ぴかぴかに磨き上げられた透明なガラスドームを満たしているのはゆるめに作ったゼリーだ。

刻一刻、空の色が変わる。群青、瑠璃、藍。空の隅っこに注ぎ口があって、バタフライピーにゼラチンを混ぜた、あたたかい液体が注がれている。中にいる人間の気分によって、空の濃さが変わるのだ。

人間といっても人の姿ではない。沙保は無表情なブリキの木こりだ。手にした斧《おの》でうっかり辺りを破壊してしまう。ミナトは臆病者のライオン。すぐにくったりと行き倒れる設定だ。

律は華やかな喋り方をする表情豊かな案山子《かかし》。案山子のおしゃれを追求した結果、オレンジと紫、ピンクにエメラルドグリーンと、派手な色彩のパッチワークの服を着て、巨大な花の帽子を被《かぶ》っている姿にした。ドロシーとトトのいない『オズの魔法使い』だ。

夜、空はもう黒い闇のように見えて、自分たちは深海の底に沈んでいるのだったかと思う。けれど、朝焼けを迎えた空が金色、オレンジ、紫、赤と端の方から染まっていくからやはり空なのだ。軒先には金色の鳥籠みたいなランタンが揺れて、やがて月が昇る。

木こりがこれまで見てきた景色は狭い箱庭のようだった。他へ向かう道はすべて閉ざされ、隠されていた。だから逃げ出した後に向かう先が見えない。何処へ向かえばいいのか分からないのだ。

それはライオンも同じ。彼もまた道に迷い、優しいスノードームの中で眠っている。季節の花、空の色、浮かぶ雲、月と太陽、夜の闇。何気なく過ぎていくささやかな日常がたまらなく愛おしく、かけがえのないものだと感じる。

だが、一歩外に出ると、そこは現実の世界だ。木こりは働きに出たけれど、相変わらず社会でうまくやれなかった。

自分は生まれ変わったような気分でいたが、人間の中身がそう簡単に変わるはずもない。ああ、今日もまたうまくやれなかったなと肩を落として、とぼとぼと帰って来る。

ここはやさしいシェルターだった。

◆

ミナトが高校の時の話をしている。

これまでミナトは何人かの女性と付き合ったが、本気で誰かを好きになったのはたった一度だけ、高校の時の同級生だそうだ。

彼は本当に「いいヤツ」だった。おおらかで優しくて度量が大きく、クラス内でもめ事があっても一番に仲裁に入り、鮮やかに解決してみせたし、勉強もスポーツも何でもできた。正直なところ、ミナトとはキャラクターが丸被りで、最初は鬱陶しく感じていたらしい。同時に負けられないライバルでもあった。

だが、実際に話をしてみるとその彼は博識で、勉強やスポーツ以外の知識も豊富だった。

実はそれまでミナトは自分が映画好きであることを人に話したことがなかった。別に隠すつもりもなかったが、いかにもオタク趣味のようであまり印象がよくないのかと考えていたのだ。女の子たちと可愛らしい恋愛映画やアイドル映画を観に行くぐらいはいいが、マニアックな映画の蘊蓄《うんちく》を語ると大抵厭《いや》な顔をされ、「なんかミナトがこんなの好きって意外だよね」と言われるからだ。

それまで誰とも話せずにいた映画の話を心置きなく語り合える相手だった。

話をしているうちに、彼が意外に繊細であることも分かってきた。

ミナトは実は自分がとても臆病であることを知っている。だが、それは有岡の人間としてあってはならないことだ。だから常に強くあろうとしていたし、負けを認めるわけにはいかなかった。

常に勝ち続けられるように己を鼓舞し、努力をし続ける。弱さの上にぶ厚いペンキを塗り重ね、覆い隠して来たのだ。

だが、彼は自分の弱さや欠点を素直に認める。当初ミナトはそんな彼を男らしくないと思った。なんでそんな態度を取るのかと憤ったこともある。

「完璧な人間なんているはずないだろ。ダメなところがあるんなら他で補えばいいだけじゃん」

そう言われた。

確かにその通りだと思ったし、そう考えると嘘みたいに気持ちが楽になった。

ミナトは自分を飾るのをやめた。彼の隣は居心地がよくて、自然体でいられる場所だったのだ。

最初は友情だと思っていた。何度も否定しながらも、胸のどこかで日増しに何かが大きくなっていくのを感じていた。

◆

「それでどうしたの?」

「どうもしなかった。普通に卒業してそれっきり」

「なんで？」

「家のことがある以上、俺は絶対にゲイだなんて認めるわけにはいかなかったから」

「そういうものなの？」

縁側に腰を下ろしたミナトはアリの行列を眺めながら頷いた。

「うん。ゲイってのはね、俺にとっては敗北なんだよね。そう思ってたっていうか」

「敗北」

強い言葉に息を呑《の》む。

「何だろ。自分の周り全部、強い男であるべしって圧力で囲まれてる感じ。強い男であるためには一切の失点を容認できない」

律がええっ？　と声を上げた。

「ちょっと待って、ゲイって失点になっちゃうの？　でもぉ、今は日本でもマイノリティに寛容になりつつあるって聞いたわよ？」

「表面上は確かにそう。僕がいた会社も寛容に見せかけてましたけどね」

ミナトが声を潜める。

「地下水脈みたいなイメージで男社会のネットワークが張り巡らされてる感じですかね。女性はもちろん、彼らのマッチョ理論では、ゲイなんて男の風上にも置けない、気持ち悪くも理解不能な人種なわけ。そんなヤツらを巧みに中枢から遠ざけて、自称まっとうな男たちが連綿と受け継いできた暗黙の了解や都合のいい理屈で物事を進めて行くと」

実はその地下水脈こそがまだまだ主流なのだと聞いて、律が賑やかな声を上げる。

「本当に息苦し過ぎて窒息《ちっそく》しそう。アナタ、よくそんなところで踏んばってたわね。尊敬しちゃうわ」

「何かそういう生き方を選ぶほかなかったというか」

沙保は気になっていたことを訊いた。

「そのただ一人好きだった人。もし、色んなことを気にしなくてよくて、その人と付き合えたとしたら、どんな付き合いになるんだろう？」

「どんな……？」

ミナトが考えているのに気付いて加える。

「あ、あのね、男同士だから興味があるっていうのじゃないんだ。私には人を好きになるってのが分からないから、本気の恋のあり方が知りたいなって思って。ごめん、嫌だったらいい」

無神経だったかと思ったが、ミナトは首を振った。

「ん？　嫌じゃない。全然イヤじゃないけど、ただそんな幸せ、考えてみたこともなかったなあと思って」

どこか寂しげにそう言って、彼は続ける。

「まあ、あり得ない話ではあるけど、あー、まあ、そうなれるとしたら対等かな」

「対等？」

かつて自分も考えたことのある言葉にどきりとした。

「元々ライバルだったしね、能力的にも人間的にも対等で、どっちかが我慢するとか、どっちかがより好きとかじゃない対等。なんか気持ちに差があると、どうしても関係に優劣が生まれちゃう気がするから」

優劣、と沙保は言葉を噛みしめた。

苦い汁のようなものを感じる。

「あいつとは何をするにも対等の関係でいたかった。そしたら、自分一人でいるより倍も三倍も強くなれる気がする」

それはミナトと彼の仮定の関係に限らず、恋愛や結婚の問題だけでさえなく、友情も、仕事上の立場さえ含む、理想の関係性なのではないかという気がした。

自分と祐貴の間には絶対に成立しなかったものだ。


十月初めの水曜日、三人でアルジェリアに続く国シリーズ第二弾、『キプロス料理の日』のメニューを考えていた。

盛り上がっているところで、不意に店のドアがノックされた。鍵をかけているので勝手に入ることはできない。

「宅配便かな？」と言いながら一番近くにいたミナトが立ち上がり、扉を開けた。

扉越しにミナトが外の誰かとやりとりしている。沙保はそうした対応が得意ではないのでありがたかった。

沙保は新しくスマホを手に入れている。画像を検索しながら律と話をしていると、ミナトが戻って来た。困ったような笑顔を浮かべている。彼にしては珍しい表情だった。

「沙保さん、お客さん。会いに来たって」

振り返り、目を疑った。

そこにいたのは祐貴だった。

頭の片隅で、もしかして母が来るかも知れないとは思っていた。仕事をするにあたりここへ住民票を移したからだ。閲覧《えつらん》制限をかけようかとも考えたのだが、虐待やＤＶがないと難しいと言われ断念していた。何も悪いことをしているわけではないのだ。居場所を知られても困ることはない。

そう考えてはいたが、まさか祐貴が来るとは思わなかった。

「久しぶり。元気そうでよかった」

ほっとしたように笑う祐貴に、沙保は言葉を返せず、ただ頷いた。

律の淹れたコーヒーを運んで来たミナトが「俺たち、邪魔だったら向こうに行っとこうか？」と言う。

「この方たちは？　喫茶店の店員というわけでもなさそうだよね」

祐貴に訊かれ、沙保は、あ……と口ごもる。

祐貴はミナトの顔を見たが、ミナトは何を言う気もなさそうだ。

仕方なく口を開いた。

「一緒に住んでる人たちです」

軽く会釈するミナトに祐貴の表情が曇る。

「彼が新しい恋人ってこと？」

「違う。そういうわけでは……」

どうしようと思った。

何故、この人がここへ来たのか。ちゃんと手紙を置いて来たのに。

私は嘘をついていました、本当はあなたのことを好きではなかった。私は誰のことも好きになれない不完全な人間です。あなたと知り合えて嬉しかったけれど、これは恋とは違う。あなたをこの先、ずっと騙し続けることはできない——。

そう書いたのだ。祐貴ならばすぐに諦め、気持ちを切り替えてまた別の誰かと付き合って結婚するのだろうと考えていた。

別にいてくれて構わない、場合によっては彼らからも話を聞きたいのだと祐貴に言われ、律とミナトは自分たち用のコーヒーを淹れて、カウンター席に腰かけて本を読んでいる。話は聞こえているだろう。

「今日はどうしたの？」

大阪へ出張のついでもあったのかと考えたが、有給休暇を取得したという。わざわざここを訪ねて来たらしかった。

「急にいなくなって、あんな置き手紙だもんな。おまけにスマホが送られてきて、どれだけ心配したと思う？」

「ごめんなさい……」

小さな声で答える沙保に、祐貴は溜息をつく。

祐貴はあの日、沙保が逃げ出した日からのことを話し始めた。

「君の顔を見るのを楽しみにして、お土産《みやげ》のケーキなんか持ってね、帰った。そしたら君がいなくて、荷物もなくて、置き手紙だけがあった。ただただ戸惑ったよ。なんで君がそんなことをするのか、僕にはまったく心当たりがなかったから」

嘘だろう、何かの冗談だろうと思い、祐貴は沙保が帰って来るのを待っていたそうだ。

「だけど、次の日にスマホが届いて、本気だったんだって思い知らされた。ショックだったよ。君のいたあの部屋は、僕にとっては居心地のいい楽しい我が家だったんだ。でも、君にとってはそうじゃなかったのかって。突然、崖から突き落とされでもしたような気がしたよ」

一体何故なのか、自分の何が悪かったのか、祐貴は自分を責めたそうだ。

「君のいない家はこんなにも寂しかったのかと思ったよ」

彼の心情を想像すると、申し訳なさがこみ上げてきた。

自分はあの時、逃げ出すことで精一杯で、祐貴の気持ちまで思いやる余裕なんてなかった。けれど、この呼吸のしやすいあたたかい場所を知った今、それがどれほど残酷なことだったのか身に沁みて分かる。

後悔を感じた。何が苦しいのかをきちんと言葉にして話し合うべきだったのだ。

そのようなことを懸命に言って謝った。相変わらずうまく言葉が出て来なくて、きっと言いたいことの半分も伝わってはいないだろう。祐貴は苦々しいような顔で聞いている。

たちまちあの日々の関係性が戻って来た。

何もかも胸の奥に押し込めていたあの頃は、言いたいことを何一つ言えず、控えめで大人しく可愛い女でいるほかなかった。

祐貴との関係はそうでなければ成立しないものだったからだ。

ここで暮らす内に、少しは変われたと思っていた。これまでにはない何かを手に入れて、以前とは違う自分になれたのだと思っていた。なのに、今、心が縮こまってしまっている。きっと自分は以前のままの姿や顔で祐貴と向き合っているのだと感じた。

「あんなことが起きると、色々と嫌な想像をしてしまうものだね。君が何か犯罪に巻き込まれたんじゃないかとか、誰かに騙されてるんじゃないか、何か窮地に陥ってるんじゃないかってね」

祐貴は何日か仕事を休み、沙保の行方を探したそうだ。

「でも、こうなって考えてみると、僕は君の行きそうな場所も知らない、君が親しくしていた友達さえ知らなかったんだ。僕は本当は君のことを何も見てなかったんじゃないかって改めて思ったよ」

彼が言うような友達は沙保には元々いない。

だが、祐貴のように健全な人間関係に恵まれた人にはそんな想像もできないのだろうと感じた。

もっとも、沙保に友達がいたとしても、ここはそれまでの沙保とは何の接点もない場所だ。どうしたところで到達することは出来なかっただろう。

スマホを送った際の受付店から大阪にいるのではと思っていたが、居場所までは分からず、興信所に調査を依頼することも検討したと聞いて驚いた。

ただ、あまりにも茫洋《ぼうよう》とし過ぎていて捜索は困難と言われ一旦は断念したそうだ。

祐貴が今日ここへ来たのは沙保の母から連絡があったからだ。住民票の異動を知り、興信所に調べさせた彼女はここで三人が暮らしていることまで把握していた。

　調査の対象に巻き込まれることで、律やミナトに何らかの迷惑がかかるのではないかとひやりとした。やり過ぎだと怒りが湧く。

「母と連絡を取ってるの？」

「お母さんにもきちんと謝った方がいい。随分心配なさっていたよ。一体誰とどんな暮らしをしてるんだろうって」

「うん……。ごめんね祐貴。もし母と連絡を取る機会があったら、元気だから心配しないでって伝えてもらえますか」

　祐貴が意外そうな顔をした。

「それは、君からはお母さんと連絡を取る気はないってこと？」

　答えない沙保に、祐貴が身じろぎした。

「まあ、正直に言うと僕もあの人はちょっと苦手だけどね」

　苦手か、と考えた。沙保は今、自分が母に対してどのような感情を持っているのか分からずにいる。

「お母さんが、まさか変な宗教か何かに引っかかったんじゃないかって仰《おっしゃ》ってたよ」

　祐貴は冗談めかして言ったが、探るような視線が向けられているとも感じた。

「なんでそんな？」

　知り合いも土地勘もまったくない場所にいるのは不自然という理由からだそうだ。

「まさかそんなことは、と思ってたんだけど、同居人の方がいると聞いて、正直僕も不安になったんだよね」

祐貴はコーヒーにも手をつけていない。彼がかなり強い警戒心を抱いていることに気づいて、慌てて言った。

「えっと、あのね。ここはそんなんじゃないの。今、ここに住んでるのは三人、私とあの人たちだけ」

カウンターの方を見ると、律とミナトが何とも言えない顔で会釈する。

「ここはね、そんな宗教とか怪しい場所じゃなくて、シェアハウスみたい、っていうか、傷を負った人間が逃げ込んでくるシェルターみたいな場所なんだと思う。そういう意味で心を許せる人たちなの」

「たとえばだけど、君はあの男性と恋したりするの？」

ミナトのことだ。不思議なことを訊かれ、沙保は首を傾げた。

「え、全然違う。ここはそういうのが一切ない場所だから」

「それなら、なおのこと思うよ。君は僕のことを好きではなかった。恋ではなかったって書いてたよね。僕はね、あの手紙を何回も読み返して思ったんだ。それならそれでいいんじゃないかって。君が僕のことを好きでないなら、好きになってもらえるよう努力すると約束しよう」

思いもかけない祐貴の言葉に、沙保は驚いて目を見張る。

「でも、仮にそれでもダメだったとしても、家庭を作ることはできるんじゃないか？　結婚ってのは必ずしも恋愛とイコールじゃない。それなら、たとえ君に恋心がなかったとしたって、結婚して家族になることができるんじゃないか。ね、沙保ちゃん。どうだろう？　僕では君の家族にはなれないのかな？　経済的な心配は絶対にさせないよ」

首を振る沙保に、ようやくコーヒーに口をつけて、祐貴は「うまいね」と呟いた。

何をどう言えばいいのか分からぬままに、沙保は必死で言葉を紡ぐ。

「あのね、祐貴……」

「祐貴から見て、私は何か変わった？」

「いや、何も変わっちゃいないよ。君は何も変わっていないんだ。いつだって前の生活に戻れるよ。やり直さないか、もう一度」

祐貴の返答に沙保は自分でも驚くほどの落胆を感じた。

「何だろ。私はね、ここへ来てすごく変わったと思ってる。何が変わったのかうまく言えない。そうだね、祐貴から見て変わってないっていうならきっと、そんなに変わってないのかも知れない。でも、あの日までの私とは全然違うと思ってる」

理知的な祐貴の眉が戸惑ったように寄せられる。

思い切って訊いた。

「ねえ、祐貴。もし私が本当は男だったとしたら、それでも祐貴は私と結婚したいと思う？」

祐貴が笑い出した。

「何を言ってるの。君は可愛い女の子じゃないか」

今までなら、また気まぐれを言い出したと猫みたいに頭を撫でられて終わっていただろう。

だが、それではいけなかったのだ。必死で食い下がる。

「たとえばの話。見た目じゃないよ、私が女の部分や役割を全部捨ててしまったら、どうする？」

まいったなと祐貴は頭を掻いた。

「質問の趣旨がよく分からないんだけど、僕はゲイじゃないからね。結婚するなら女性としたいよ。子供だって欲しいしいしね」

「あなたが私を好きでいてくれたのは私が女だからだよね」

「性別も含めて君は君だろ」

何一つ歪んだところのない彼の言葉に、自分たちの距離がどんどん遠くなっていくのを感じた。

「ここはシェルターだって言ったよね。ここでは何者にもならなくていい。女だから女らしくとか、誰かの彼女だから彼氏を愛してとか、誰かの奥さんだから夫が仕事をしやすいように家庭を守ってとか、そんなもの何もない。だから、すごく息がしやすい」

「シェルターか」

沙保がコーヒーをブラックで飲んでいるのを複雑な表情で見ていた祐貴はそう呟き、苦そうにコーヒーを飲み干した。

「君の気持ちは正直理解できないけど、分かったよ。ここはよほど居心地がいいんだろう。お母さんにも伝えておいてあげるよ。でもね、沙保ちゃん」

立ち上がり、脱いでいた上着を手に持ち、彼は続ける。

「シェルターって、一時的な避難所にしかならないんじゃないかな。もしここを出る日が来たら君はどうするの？」

「それは……」

クリスマスまでもう三ヶ月もない。律と約束した期限の半分以上が過ぎてしまっているのだ。

「いつか何者かにならなければならなくなった日のことを考えておいた方がいい」

そう言い残し、祐貴は帰って行った。


翌週、律の友達がタクシーに乗って訪ねてきた。大きなトランクが二つ、肩にハイブランドのトートバッグをかけている。

丸っこい身体に黒髪鋭角のボブカットに大ぶりのイヤリング。服装は赤を基調とした個性的なものだ。

「おお、律だ律だ。久しぶり。元気そうでよかったよ」

「ネネもお元気そうで何よりだわ。皆さんお変わりなぁい？」

二人できゃあきゃあ言いながらハグをしている。ファッションの方向性や顔立ち、体型もまるで違うのに、どこか似通った雰囲気の二人だと思う。

何が似ているのか考えて気がついた。

二人ともオープンマインドというのか、開放的というのか、外に向かって扉が開かれているような印象を受けるのだ。

ネネの名は奥平《おくだいら》寧々子《ねねこ》。ＩＴ関連の会社を経営している。元は仕事関係の知り合いだったが、年齢が近く、それ以上に親しくなったそうだ。快活に喋り笑う彼女は顔の表情も律以上に豊かだった。

今日は『昭和レトロの日』だ。喫茶店の店舗でかつてのメニューを再現することにしたのだ。ネネが大喜びしながらバシャバシャと写真を撮りまくっている。

昼食のナポリタンの具材は、ウィンナと玉ねぎ、マッシュルームに細切りのピーマンだ。マッシュルームは缶詰ではなく生のもので香りがいい。トマトソースをメインにケチャップは控えめにして仕上げにバターを入れるのが『喫茶待合室』の味だ。

木製の台に載った鋳物《いもの》のステーキ皿に盛りつけ、粉チーズとタバスコの瓶を添える。

ナポリタンはトマトと野菜の風味が効いていて、甘すぎず辛すぎず、コクがあっておいしい。上にかけた粉チーズともよく合うし、途中で味を変えるためにタバスコを振れば、ぴりっと辛い刺激と酸味が広がった。

食後のアイスコーヒーは深煎りの豆を使い、通常より濃く淹れたものに氷を入れて急速に冷やし、背の高いグラスに氷と共に注ぐ。

ネネは砂糖は要らないと言うので、生クリームと牛乳を混ぜたものを小さな持ち手のついたピッチャーに入れ、ストローを添えて出す。

硬めに作ったプリンは、型から出すとカラメルがとろりと流れ落ちる。隣で律がリンゴの飾り切りをしている。押し出すと羽の形になるものだ。

足つきの舟形ステンレスの器にバナナとメロン、イチゴにリンゴを載せて生クリームのホイップで周囲を飾ればプリンアラモードのできあがりだ。周囲に果物の甘い香りが漂い、つい笑顔になってしまう。

コーヒーとプリンアラモードを挟んで律とネネが話をしている。

「ねえ、律。あんたが仕事を退いてから、もう三ヶ月とかでしょ。あちこちで復帰を切望する声が吹き上がってるそうだけど」

ネネは律の紹介で人脈を拡げたそうで、あちこちの企業や団体と付き合いがある。そこで出るのは律の不在を嘆く声だという。

律が顔を顰める。

「どうしてえ？　アタシ、ちゃんと後進を育てたつもりよ」

「そりゃそうなんだろうけど、ま、あんたはとにかくカリスマだったからねえ。その穴はそう簡単には埋まらないんじゃないの？」

「やあね、そんなことないわよ。濃い味の料理に慣れちゃうと普通の料理が薄味に感じちゃうってところでしょ。大丈夫、そのうち慣れるわよ」

「しっかし、勇退っていってもさ、いくら何でも早すぎるよ。あんたまだ六十出たとこでしょ？　人生百年の時代だよ？」

「禅《ぜん》の境地よ。静けさを求め隠遁《いんとん》生活ってところね」

嘯《うそぶ》く律にネネがいやいや何言ってんのさと首をふった。

「欧米ならそれで煙に巻かれてくれるかも知れないけど、日本人には通用しないよ」

律は笑うばかりだ。

くじ引きで律が洗い物をすることになり、キッチンに入ったのでネネに訊いた。

「律さんって、そんなにすごい人だったんですか？」

ネネはあーと顎をしゃくった。

「まあ、すごいんだろうね。女性であそこまで上りつめるなんて素晴らしいとか、よく聞いたね、その手の讃辞《さんじ》は」

でもさあ、とネネは頭の後ろに両手を回し、枕を作るみたいにしてくつろいでいる。

「何だろねえ、それはちょっと違うんじゃないかと思うんだなあ。律のやり方って男社会をかき分けて頭角を現してって感じではまったくなくてさ。かといって、女を武器にするようなのとも違うわけ。ってか無理に決まってるわな、あの律にそんな」

「ちょっとネネ、聞こえてるわよ」

「大丈夫。本当のことしか言ってないから」

キッチンに向かってそう言って笑い、ネネはコーヒーのストローを口にする。

「なんか鵺《ぬえ》みたいだと思うことがあるよ」

「鵺？」

文庫本に目を落としていたミナトが顔を上げた。

「そ。妖怪の鵺。なんか捕らえどころがないって言うかさ、あんな感じでオネエさんみたいな物言いしながら、いつの間にかぬるりと入り込んでるんだよね。日本社会特有のやらしいのあるじゃない、ほら、男を立ててとか女は弁《わきま》えてとかさ。そういうのと違う次元で生きてるみたいなんだよね。おや、こいつは何だ？　何だかよく分からんぞ？　って周囲が戸惑ってる間に、気が付いたら要職に就いて豪腕ぶりを発揮してるっていうね。それでいて肩に力が入ってるわけでも何でもないんだなあ。すごい特殊な生き物って感じ」

なるほどそうかと思った。

律は沙保がこれまでに一度も出会ったことのないタイプの人間なのだ。

ネネが若い女性向けのメイクを勉強したいと言うので、メイクをして見せている。不意に「何か意外だ。嬉しくなさそうだね」と言われて、びっくりした。

「若い女の子のメイクってさ、鏡を見ながら私はもっと可愛くなれるわってウキウキしながらするもんだと思ってたよ」

「あ……私は変なので。普通じゃないっていうか」

沙保の言葉を否定するでも、通り一遍の慰めを口にするでもなく、ネネは「ほ。なるほど」と言っただけだった。

「ネネさんにとって、メイクってどんなものなんですか？」

訊ねると、ネネは苦笑した。

「どんなってそりゃ、とりあえずメイクなしでは外に出られないんだからしょうがねえなって感じ。裸で外歩けないのと同じだね。綺麗になるも可愛くなるも、そんなこたぁどうでもいい。とりあえず人様に不快感を与えず、なるべく有能に見えるようにしとこうかって。まあ、一種の戦闘服だよね」

ネネのこれまでの話を聞いた。ネネは大企業で総合職として採用された一期生にあたるそうだ。

「そりゃあもう理不尽なことばっかりでね、女はダメだ、頼りにならんって言われて、そんなわけあるか、頼りになる女もいるんだよって手柄上げようと必死になってる横で、いやーん、分かりませぇん。そんな責任あるの無理ですぅとか、できなぁいとか言ってる女がごろごろいてだなあ。足引っ張るんじゃねえよといつも怒ってたな」

そんなネネは結婚しても出産しても仕事を辞めず、外注できる家事は外注して、がむしゃらに頑張ってきた。独身のまま仕事に邁進《まいしん》する道もあったが、後に続く女性たちのために自分が頑張らなければと必死に道を切り拓いて行ったのだそうだ。

「でもさ、ある日気が付くと後ろには誰もついてきてなかったんだな、これが。自分一人が必死で戦ってたってわけ。しかもさ、ママ友だ、PTAだって場所に顔出してみると、ことごとく話が嚙み合わない。すべて仕事の論理で片付けるもんだから、定年後の老害爺《じい》さんみたいな気分になったよ」

義父母の介護を金銭で解決しようとして、親戚中から非難され、自らは何をしようともしない夫との関係も悪化。ネネが体調を崩したタイミングで離婚を切り出した彼はその後すぐ若い女と再婚した。

「今でもあんなのいるんだって驚くような、私、難しいことはよく分からないですぅ。専業主婦になって彼を支えたいんでぇすって言えちゃうような子なんだもの。何の皮肉だこれって笑っちゃったよ」

あっはっはと豪快に笑い、ネネは続ける。

「大病して考えたのはさ、私も頑《かたく》なだったよなあって。女はダメだって言われたくない一心で一人、空回ってたんだなって」

退職し、第一線から離れていたネネが感じたのは世の中の急激な変化だった。

だ。

「おやぁ？　これはもしかして、ようやく時代が私に追いついたんじゃないかって思った」

二年間の休養中にＩＴの勉強をした彼女は新しい会社を立ち上げ、律と知り合ったのだそうだ。

「今じゃ、ある意味、女を使うこともある」と聞いて驚いたが、色仕掛けという意味ではなかった。

「うまく利用するんだよ。力で押すだけじゃなくて、あえて引いたり、柔軟さを利用するっていうのかな。ギャップを活かすこともあるよ。柳みたいにしなしなとしおらしくして近付いてタマ取るみたいなさ」

暴力団の抗争みたいな言い回しに笑ってしまった。

「多分仕事を有利に進めていく上で意識的に男女を使い分けてるんだと思うんだよね。何かね、年取ってようやく、女にも色んな立場があって、それぞれに考えがあるんだよなって分かったんだ。それをとやかく言っても始まらない。ならそれでいいや。まあこっちもせいぜい利用してやろうじゃんってね」

強《した》かなネネの言葉に沙保は目を見張る。

「でもさ、あの鵺ときたら、最初からそんなことさえ超越してるみたいなんだよね」

「律さんですか？」

「そう。なんか律を見てると、自分が囚われてきたものがちっぽけなものだったんじゃないかなって思えてくるんだよね。あの自由っていうのか、軽やかさみたいなものが一体どこから来るのか分からないけど、とっても羨ましいんだ」

頷くと、ネネは一瞬、表情を引き締めた。

「でもね、正直、時々、何だか妙に空虚に思えることがある。まるで私ら人間とは違う理で生きてる生き物みたいだ」

ネネは沙保のメイク道具を眺めながら姿勢を変える。

「実は今回ここへ来たのはちょっと気になってたことがあってね」

律のことだ。

「まあね、六十超えてるんだし、結構な業績残したんだから引退ってのも分からなくはないんだけど、何かね、挨拶が完璧過ぎたんだな」

「挨拶、ですか？」

「そう、別れ際の挨拶ね。何か違和感あるなあって考えて気がついたんだな。彼女のクライアントはもちろん、仕事上のパートナー含め何人かに訊いたんだけど、次の約束をした人がいないんだよ」

大阪に行くというのも誰も知らず、律はそれまで住んでいた東京のマンションも手放していたそうだ。

かろうじて電話は通じるが、どこにいるのか訊いてものらりくらりと躱され、誰もここへ辿り着けなかったらしい。

「何だか、ある日ぴょーんとどこかに消えてしまいそうで怖くなってさ」

諦めず何度も何度も訊ね、ようやくここの住所を教えてもらえたのだとネネが言う。

「それも絶対に他の人間には教えないでよって厳重に申し渡されての許可だよ。どこの秘密結社に匿《かくま》われてるのかと思うよね」

そうだったのかと思った。

「でも、ちょっと安心したかな」

アイラインを引くために片目を閉じている沙保に向かって、ネネはうふふと笑う。

「税理士っていっても律のやり方は会社や事業の将来像を考えながら経営者に寄り添って、共に育てていくような感じだったからね。似てるなあって」

意味が分からず首を傾げる。

「あ、私もね、詳しくは聞いてないんだよ。あんたたちが何を求めてここにいるのかとか、律があんたたちとどんなつもりで向き合ってるのか、とかさ。でも、何となくあんな感じで楽しく暮らしながら、あんたら若者が自分自身を育てていくのを見守ってるのかなあと思ったよ」

私は自分を育てているのかと考えた。


ネネが帰る日、彼女は仕事の関係で朝早くに発《た》つことになっていた。

「じゃあね、律、またね」

洋館の入口に横付けしたタクシーの前、ネネの言葉に律は肩を竦めながら、オホホと笑う。

「そうね、生きてたらまた会いましょう」

「何それ。ま、いいや、新幹線に遅れちゃう」

最寄り駅まで歩くつもりの沙保もネネの提案で途中まで乗せてもらった。

「分からないでもないんだけどね」

タクシーの中でネネが言う。

「何がです？」

「あたしらぐらいの年齢になるとさ、若い時に比べてずいぶん死を近く感じるっていうか、親や同世代の友達でもぽつぽつ亡くなる人が出てくるからね。お互いに健康でも、次って日はもしかしたら来ないかもって気持ちが常にどこかにあるんだよね。一期一会《いちごいちえ》ってヤツ？」

そう言ったネネは車窓を見やりながら、もうすっかり秋だねえなんて呟いていた。


「本当に小春日和《びより》だわねえ」と律が言う。

十一月も終わり近く、ここ数日の冷え込みが嘘のような陽気だ。休みなので早めの昼を済ませ、律と共に、堤防沿いを散策している。

タワーマンション脇の公園に植えられた木々が色づいて、一部は落葉していた。イチョウ、ナンキンハゼ、モミジバフウ、そしてサクラ。律は樹木の名前に詳しく、一つ一つを教えてくれる。

街中で紅葉が見られるなんてこれまで考えたこともなかった。同じ木一つを見ても、様々な色があるのだ。緑はもちろん、黄や橙《だいだい》、朱色、黒が混じったような真紅《しんく》、褐色。透き通った青空を背景に、様々な色彩がモザイクのように縫い込まれている。

特に驚いたのはサクラだ。春に美しい花を咲かせるのは当然だが、紅葉までもが美しい。

「桜紅葉と呼ぶんですってよ」

律に言われ、頷く。

こんな時、沙保は語る言葉を持たない。気の利いた答えが出て来ないのだ。ただ黙って見つめている。

散歩の後、そのままバスに乗って大阪駅へ出て、律と一緒に映画を観た。

最近、律と並んで歩くのがあまり苦でない。相変わらず自分は服を着ているだけでファッションともいえないけれど、これが自分なのだと開き直れるようになった気がする。

今日観た映画について話をしながらお茶を飲んで、楽しい気分で帰宅した。

この季節は日暮れが早い。まだ五時になるかならないかなのに、もう夕陽が淡路島の上に沈み始めている。巨大な赤が沈もうとしているのだ。西の空が真っ赤に染まっているのを見ていると残像が焼き付いて、黒い丸がいくつも目の前に浮かぶ。

眩しさに身体の向きを変えると、高い空に月が出ていた。空はまだ青いのに、淡いピンクに染まった雲を従え、冴《さ》え冴《ざ》えと白く輝いているのだ。

「アラ、綺麗なお月さま」

傍らで律も立ち止まって見上げている。

半年の期限はもう来月に迫っている。

とりあえず洋館を出るつもりではいた。

ミナトとルームシェアをする話も出ている。彼もきっともう種を必要としていないのだろう。

洋館から出たとしても、律があそこにいてくれれば、自分たちの訪問を許してくれるのならそれで十分だと思う。

三人でこんな風に季節を重ね、美しいもの、楽しいものを共に経験できたらいいなと沙保は考えていた。

漁港の坂を登ると、洋館の入口から光が漏れている。自動点灯する玄関灯があるのだ。そこまで来たところで、あれ？　と思った。

ミナトが誰かと喋っている。仕事から帰って来たばかりのようで、マウンテンバイクを手で支え、メッセンジャーバッグを背中にかけたままだ。洋館を背に立ち、どうも彼は話し相手を中に入れないようにしているらしかった。相手は木の陰になってよく見えないが女性のようだ。髪が長い。

ミナトの元カノ？　なんて言いながら近づいた沙保は思わず声を上げてしまった。

振り返った相手の顔を見て、凍り付いたようになる。

母だった。

「ご無沙汰ね。ねえ、沙保ちゃん。あなた、ママがどれだけ心配したと思ってるの？」

世の中で一番正しいのは自分だと言わんばかりの圧力ある声に全身が強《こわ》ばった。俯いて、うなだれてしまいそうになる。自分はこの声に屈してきたのだと思った。

ありったけの気力を振り絞って、顔を上げ、ようやく口を開く。

「何しに来たの？」

それまでにこやかだった母の顔色が、さっと変わった。

「何て口の利き方。それが心配して来た親に対する態度なの？　ねえ、沙保ちゃん、あなた一体何を考えてるの？　祐貴さんに聞いたわよ。シェルターですって？　傷ついた人間が傷の舐《な》め合いでもするというのかしら。こんなところに居ては本当に戻れなくなります。祐貴さんね、沙保ちゃん次第ではやり直したいって仰ってるの。よかったじゃない。ママもほっとしたわ。さ、今すぐ荷物をまとめなさい。帰りましょう」

沙保の手を摑み、強い力で引っ張ろうとする母を振りほどくと、彼女の目に怒りが湧くのが見えた。

一瞬、怯む。これまで一度だってこんな風に彼女に逆らったことはない。でも、ここで後ずさりしてはダメだ。また元の自分に戻ってしまうと必死で自分に言い聞かせる。

「ご、ごめんなさい、心配かけたのは謝ります。でも、私は決めたの。ここで暮らす。だから帰って」

「何を言ってるの。こんな人たちと一緒にいても何もいいことなんてないの。あなたはママの言うことを聞いてればいいのよ」

「こんな人たち呼ばわり」

ミナトがぽそりと言った。

「俺の勤め先を聞いた途端に態度豹変したからね。それまで娘をどう思いますかあ？　って言ってたのに」

「失礼だよママ」

言いながら泣きそうになった。恥ずかしい。こんな風に母を恥ずかしいと思ったのは初めてだ。

母が顔を歪める。立ち位置は変わっていないのに、その顔が次第に大きくなり、ぐいぐいと迫ってくるような錯覚を覚えた。

「何を言ってるの、失礼なのはこの男の方よ。残念ですが、娘さんを結婚相手としてはちょっと考えられないですって。何様のつもりなのかしら。たかだか物流センター勤めのくせに」

「ママ、やめて」

絶叫に近い声が出ていた。

「やめません。どうして分からないの。ママはあなたのためを思って言ってるのよ。ママの言う通りにしてれば間違いないんだから。さあ、帰るわよ」

「帰らない。私はあなたの人形じゃない」

沙保の剣幕に母が首を傾げる。

「変だわね。沙保ちゃんはこんなこと言うような子じゃなかったはずなのに、どうしたのかしら。沙保ちゃん。まるで誰かに洗脳されちゃったみたい」

そう言って、母は沙保の背後に佇む律を睨む。そのまなざしの醜さにぞっとした。

「そんなんじゃない。ママ、そんなんじゃないの。この人は素晴らしい人なの、あなたと違って自立してる。それだけじゃない。ちゃんと私を一人の人間として尊重してくれて、何も強要しない。ただ私たちに居場所を提供してくれて、見守ってくれてるだけ」

「はじめまして。あなたが沙保嬢のママなのね。よろしければ中へ入ってちょうだいな」

口を開いた律に、母はあからさまに顔を顰めた。

「娘がお世話になっているようで」

刺々《とげとげ》しい口調に高慢さが滲《にじ》んでいる。

律と母の声には大きな違いがあると感じた。深みのある律の声は恐らく彼女自身がここまで積み上げてきた自信と経験に裏打ちされたものだ。それに対し、母の声はまるで借り物のように上滑りして響く。外形だけ、体裁だけ整えた中身のない、安いレコーダーを内蔵した人形が喋っているようだと感じた。

「ねえ、沙保ちゃん」

喫茶店の椅子に座り、出されたコーヒーのカップを、彼女いわく美しく優雅な女性らしい仕草で持ちながら母が言う。

「あの方、税理士さんなんですってね。ずいぶん変わった方だけど、あんなふざけた調子で許されるのかしらねえ」

何を言うつもりなのか、警戒しながら聞いた。

「ま、おしゃれで素敵な方なのは確かかね。あなたが憧れるのも分かるわ」

自分は律に憧れているのだろうか？　首を傾げる。

「でも、人間としてはどうなのかしら」

母は声を潜めた。

「あの人は、アメリカに渡るために子供を捨てたんですってね。信じられないわ」

そんな話は聞いたことがない。驚いたが、それよりも母に対する嫌悪感が先に立つ。

「調べたの？」

「あら、娘がお世話になってるんですもの、どんな方か知りたいと思うのは当然でしょ」

「勝手にそんな。人のプライバシーを」

律に対してあまりに申し訳ないと思った。

「非常識すぎる。ママのやってることは犯罪だよ」

「非常識？　犯罪ですって？」

母は沙保を睨《ね》め付けるようにして言う。

「どっちが非常識なの。よその娘を住まわせて、実家や婚約者と連絡も取らせない。それは明らかな犯罪です。私がその気になればあなたを監禁している罪で、今ここに警察を呼んでもいいのよ」

言葉が出ず、身体から憎しみと不寛容さが溢れ出してきそうな目の前の人物を眺めた。

「あ、え……？　何言ってるの？　ママ、本気で言ってるの？　おかしいよ。そんなわけないじゃない。私は自分の意思でここにいるんだよ？　連絡を取らなかったのは、私が死のうと思ってここへ来たから。もし律さんがいなかったら、私は今、生きてないんだよ」

言うつもりはなかったが、我慢できずに喋ってしまった。これにはさすがの母もショックを受けた様子だ。

「嘘でしょう？　どうして？　沙保ちゃんがそんな……」

「きっとママには一生分からない。育ててもらったことは感謝してるけど、これから先もあなたのところに帰るつもりはないから」

勢いよく立ち上がり、母はカウンターの中で夕食の仕度をしているらしい律に詰め寄る。

「あなた、一体どういうつもり？　こんな嫁入り前の女の子をたぶらかして、この子には立派な婚約者がいたのよ。それなのにこんなところで何をしてるの。このままじゃこの子の人生はめちゃくちゃだわ。悪い噂が立ったらどうしてくれるの」

「あら、イヤだ。何をしてるのって、何もしてないわよ。沙保嬢だって真面目に働いてるだけよ、ねえ」

律の言葉に頷く。

「だからってこんな、身元の分からない男と一緒に住むなんて」

「あ、何か下世話な想像してるんなら大丈夫です。僕、ゲイなんで」

淡々と言うミナトの言葉に母が目を吊り上げた。

「けがらわしい。あなたみたいなのが大手を振って歩いているからこの国はダメになっていくのよ」

「いやいや、ごく小さくなって歩いてますけど」

飄々《ひょうひょう》としたミナトの言葉に母は苛立つ。

「あなたが何だろうとどうでもいいのよ、世間様にはそんなことは分からないじゃない。若い男女が同じ屋根の下で暮らしてるってだけで、ふしだらだと後ろ指さされるのよ」

「あらあ、沙保嬢、祐貴さんと一緒に住んでたのよね？」

「それはいいのよ。二人は結婚が決まってたんですから。折角、まっとうな道に進めるはずだったのに、どうしてあなたは自分から道を外れようとするの」

沙保は唇を噛むばかりだ。言いたいことは沢山あるのに喉がからからに乾き、言葉が出てこない。

「道ねえ」

のんきそうな声で律が言った。

「ママがまっとうだって言うその道が沙保嬢を苦しめて、追い詰めちゃったみたいよ？　一度ちゃんとお嬢さんの話を聞いてみたらどうかしらね」

「知った風なことを。この子はまだ未熟《みじゅく》だから分かってないだけ。年を重ねて世の中が見えてきたら分かるようになるわ。ママがこんなことを言うのも全部あなたのためなのよ、沙保ちゃん。さあ、分かったら行くわよ。こんなところに用はありません」

「ママ。聞いて」

上着に袖を通し、帰り支度をしている母に必死で言った。

「ママが私に生理痛を我慢しなさいって言っていた理由を聞かせて欲しい」

「何それ。そんなつまらないこと」

母は不服そうな顔で座り直した。

「つまらないこと？　私はずっと痛くて痛くて仕事もできなかった。そんな女は家庭に入るしかないってあなたは言ったけど、病院に行けば痛みがコントロールできるようになったんだよ」

「その時に何を思ってたかなんてもう忘れちゃったわ。でも、もし理由があるとしたら、あなたに自分が女の子であることを忘れて欲しくなかったからでしょうね」

「あなたは私を痛みで縛り付けたんだよね」

忌々しげに母は顔を歪める。

「それはそうでしょう。昔からあなたは変だったわ。ちっとも女の子らしくないんだもの。もし自由をはき違えて、あの人みたいな無法者になったら大変でしょう」

そう言って律を指す。

「無法者って何？　律さんは悪いことなんてしてない。自分の人生に責任を持って自立してるだけ」

「嫌だわ。自分の成功のために家庭を捨てるなんて、ママには、いえ、まともな女なら考えもしないことよ。おお、怖い。そんな人のところに沙保ちゃんがいるなんてとんでもない話だわ。ね、沙保ちゃん。お願いだから目を覚ましてちょうだい。あなたはまだ未熟だから、あの人みたいな生き方が格好良く見えるかも知れないわ。でもね、あんなのはダメ。老後なんてきっと悲惨《ひさん》なものよ。子供を捨てたんですもの、誰も面倒を見てくれないわ。でも、それも自業自得よね。血の繋がりは何よりも強いものなのに、自分からそれを壊してしまったのよ。なんて愚かなのかしら」

「あらあ、じゃあアナタの老後は誰かが見て下さるの？　いいわねえ」

律がまったく羨ましくなさそうに言う。

ぐっと母が言葉に詰まった。

「私は知らない。私は介護なんかすべきじゃない。もし、私があなたの介護なんてしたら、きっとされたことをそのまま返してしまうかも知れない。無視したり、手が出たり」

子供の頃や大人になってからのこと、様々な記憶が甦って、とても平静ではいられない気がする。

「私はこの先も多分結婚しないし、子供も産まないと思う。孫とかも期待しないで欲しい」

「何てことを」

母の目が大きく見開かれる。

「子供を産むのが女の使命だって何度も教えたはずよ」

「そんなの強制されたくない」

母が苛立つ。

「沙保ちゃん、よく考えなさい。あなたみたいに何もできない女は結婚して、旦那様に養ってもらう以外に生きて行く術《すべ》がないのよ」

「ちょっとお、彼女が何もできないなんて、母親のあなたが決めつけてどうするの」

律が言った。

「じゃあこの子に何ができるっていうの？」

「色々あるんじゃない？　絵も上手だし、大工仕事なんかもお得意。何より誠実で努力家なんだもの、可能性は無限大だと思うわよ」

そんな風に思ってくれていたのかと泣きそうだ。

母が歯ぎしりするのが分かる。

「そんな耳に触りのいい言葉を並べて、あなた、この子の人生に責任持てるとでも言うの？」

律は不思議そうな顔をした。

「ヤダァ、何言ってるの？　そんなの持てるわけないじゃない。彼女の人生は彼女だけのものよ。結婚したからといって、夫のものになるわけでもない。あなただってまさか、夫の持ち物なわけじゃないでしょう？」

「私は生涯主人に付き従うつもりよ」

母は胸を張った。

「へえ、先に死なれたらどうするの？」

「その時は子供がいるわ」

「拒否されてましたけどね」

ぽつりと言うミナトに、母が憤然と立ち上がった。

「もういいわ。あなたたちと話しても時間の無駄。沙保、帰るわよ。ママはこの人を訴えますからね。税理士なんて地位のある人がこんなところで変な宗教まがいのことをしてるって週刊誌にもリークしてやる。世間なんてまだまだ保守的なのよ。善男善女から白い目で見られて、後ろ指をさされるがいいわ」

律は何とも言いようのない顔をして両手を挙げた。

「それはなかなか面白い案だけど、今のアタシにそんなニュースバリューはないんじゃないかしらね。第一ここは来月末でクローズするのよ」

「呆れた。別の場所に移転してもっと大がかりにやるつもり？」

「いいえ、違うわ。もうすべておしまいにするの」

晴れやかに笑う律にさすがの母も異常を感じたらしく口を噤《つぐ》んだ。

「アタシは天涯孤独の身だし、死んだ後の名誉なんて興味ないわ」

「まるで死ぬ予定があるみたいに聞こえるじゃない。そんな調子でこの子たちの歓心を買ってきたのね。みっともない大人」

「アラ、発表するのは今日が初めてよ。彼女たちが来る前から決めてたことなの。二人にもちゃんと期限は伝えてあるんだけど」

すべておしまいにする？　楽しそうな律の言葉にひやりとする。

沙保の母を撃退するための、律らしい悪趣味な軽口だと思いたかった。


母が帰った後の喫茶店で、律の話を聞いている。

八年ほど前、大阪出張の際に偶然、この店を訪れた律はたちまちヒサエさんと意気投合した。

「一緒にいてとても楽だったのよねえ。アタシより二十以上も年上だったけど、何だか昔からの友人みたいだったわ」

やがてヒサエさんも八十を超え、次第に店を切り盛りするのが厳しくなりつつあった。

営業時間を短縮しながら、ここを必要とする人のためにと細々と営業を続けていたそうだ。

「ところが二年程前にヒサエさんに癌《がん》が見つかったの。あの人ったら大の医者嫌いでね。お腹が痛いのを隠してたらしいわ。見つかった時にはもう、ね……」

手術はしなかった。化学療法の結果も芳しくなく、以後は積極的な治療をやめてしまったそうだ。

「楽しい人だったから、あんまりくよくよ悩むこともなくて、なるようにしかなんねえよって笑い飛ばしていたわ。ただ……」

律は少し言い淀んだ。

「ぎりぎりまで店を開けたいからって入院はせずに在宅医療を受けてたんだけど、末期になると肺に水が溜まって、とても苦しかったみたい。ずっと息ができないって、段々喋ることも難しくなっていったの」

いよいよ店を開けることが難しくなり、ヒサエさんは『待合室』の閉店を決めた。常連さんにその旨を伝えると共に、かつての「お客さん」に連絡を取った。

人生のどこかで『待合室』を訪ね、救われた人たちだ。時々店を訪れる人、年賀状のやり取りが続いている人。連絡先が分かっているだけで百人近くいたそうだ。

何人かが訪ねて来て、ヒサエさんの手を握り、別れの挨拶をしていった。

骨転移も判明し、強い痛みに寝返りさえ難しくなった。モルヒネもうまく作用しなかったようで、苦しげな呼吸音と呻きばかりが聞こえる凄惨な状態だったそうだ。

「ある日、アタシ、ヒサエさんに訊いたの。もういいんじゃない？　今こそ種を使う時じゃないのかしらってね。でも、ヒサエさんは苦しい息の下からね、いいや、あれはあんたにあげるよって言うのよ」

話を聞きながら、ミナトと二人でクリームソーダを作っている。

下部がぽってり膨らんだ足つきグラスに氷とシロップを入れて、ソーダ水を注いだ。掻き混ぜると、鮮やかな緑のソーダができる。その上にバニラアイスを載せて、赤いチェリーを飾れば完成だ。

「アタシ？　アタシは断ったわよ。だってヒサエさんは生涯、その種を守って戦い続けた人なんですもの。だから、あなたが使うべきなのよって」

しかし、ヒサエさんは必ず律にあれが必要になる時が来るだろうからと断固拒否したのだそうだ。そして、絞り出すようにして言う。

「惨めな姿だろ？　そりゃあの種を使えば楽に死ねるだろうけど。でもさ、みっともなく苦しみ抜いて、生き切った姿を若いモンに見せてやるのも年寄りの役目なんじゃないかって言うのよね。ホント、最後の最後まで見事に生き切ったわねあの人は」

この洋館の所有権を律が持っているのは、ヒサエさんの治療費を捻出《ねんしゅつ》するため買い取る形にしたからだ。子供がなく、親戚とも行き来がないヒサエさんが、どうせ国に持って行かれるぐらいなら、律に託したいという意向だったこともあった。

「ヒサエさんが閉店を決めた時、もしかしてこの先、助けを求めて来る人がいるかも知れない。その時、もしあんたに余力があって、力を貸してやってもいいと思えたら、そうしてやってくれって言われたわ」

溜息が出た。そして助けられたのが沙保であり、ミナトだったのだ。

「でもね」律が言う。

「それもおしまいよ。ここはもう店じまいなの」

律の言葉の意味を飲み下せない。

「それってどういうこと？」

訊いたのは自分なのに、答えを知りたくないと思っている。

耳を塞ぎたかった。

晩秋《ばんしゅう》の午後、店の外には強い風が吹き、冬の到来を予感させた。喫茶店の店内は静まり返り、エアコンと冷蔵庫の音ばかりが聞こえる。

短い昼の時間が終わり、夜が近づいている。眩《まばゆ》かった戸外の光が急速に落ちていくのだ。

不意に立ち上がったミナトが手を伸ばし、カウンターの中の照明のスイッチを押した。

間接照明の光が柔らかく壁やタイルを照らし出すのを見遣りながら律が言う。

「アタシはね、完璧な幕引きをしたいと思っているの」

律は東京のマンションも家財もすべて処分してこちらへ来たそうだ。最低限の身の回り品しか持っていなかったのは、それほど長く暮らすつもりがなかったからなのだ。

窓に向けグラスを翳《かざ》すと、グラスの底から気泡が湧き上がり、逆さに降る雨のように見える。

ぱちぱちと弾けるソーダの音を聞いた。

ぎゅっと喉の奥を絞られる気がする。

「アタシの両親はとうに亡くなっているし、きょうだいはいない。アタシは絵に描いたような天涯孤独の身の上なのよ」

母の発言を思い出して、改めて恥ずかしくなった。

「家族もいない独り者が突然倒れて何も分からなくなったってなると、本当にどうしようもないでしょう。だから、完璧な身辺整理をしたわ。オホホ、その辺に関してはアタシはプロですもの」

何故か胸を張っている律に、ミナトが暗い声で言った。

「もしかして、ここへ来たのって種を飲んで死ぬためだった？」

「ええ、その通りよ」

椅子に座っているのが苦しい。

「できることは自分でしておかないと。誰かに迷惑かけるわけにはいかないでしょ」

自分でできることに死が含まれるという律の考えに戦慄《せんりつ》した。

「アタシはね」

律が口を開く。

屈託のない笑顔が禍々《まがまが》しいものに感じられ、つい目を逸らしてしまう。

「自由に生きてきた。そりゃもう何も縛るものはない、無敵の自由よ。だけど自由ってのは責任を伴うもの。これぐらいの仕度をしておくのは当然でしょう」

「だからってやり過ぎだよ。どうなるか分からないから死んでおこうなんて、そんなの本末転倒でしょう」

ミナトが言う。

「そうねえ。でもね、いわゆる終活と呼ばれるものだけど、一番の問題は死ぬ時期が分からないことなのよ。そりゃ余命がはっきりしている病気なら別でしょうけど。何年なのか何十年なのかで施設に入るのか、在宅でどうにかするのか、資金をどうするのか、何もかもが変わってくるわ。最後まで頭がしっかりしていればいいけど、アタシ、実はそこに不安があるのよね」

「何言ってるのか分からない」

律は頭脳明晰《めいせき》だ。半年近く共にいても、彼女の記憶に不安があるなんて感じたことは一度もなかった。

「なんで死ななきゃならないの？　冷たすぎるよ律さん、自分に対して」

自分が感じているもどかしさをうまく説明できない。感情だけが先走る。

「でもねえ、若いアナタたちとは違って、アタシはもう六十年以上、それなりに長い道のりを歩いて来たわ。十分、やりたいこともしたし、まあまあ結果も出せたと思っているの。ここらで綺麗に幕引きするのも悪くないんじゃないかしら」

言葉が出なかった。何をどう言えば彼女に届くのか分からないのだ。

「後悔や未練、本当に何もないの？」

そんな人間がいるのだろうかと思った。

思い返せば律は連続と名の付くものを嫌っていた。シリーズ物の映画や読み物など、続きが気になるようなものを面倒だからと避けていたし、何事に対しても過剰に興味を持たないようにしているのではないかと感じることがあった。

「あー何も今日や明日ってわけじゃないわ。約束通りクリスマスまでアナタたちここにいていいのよ。まだ一ヶ月あるじゃない。それまで楽しくやりましょうよ」

「そんなの何も楽しくない。じゃあ、あなたはクリスマスが終わって、私たちがいなくなったらその後、一人で死ぬつもりなの？」

言葉の途中で涙が出て来た。なんて残酷なことを考える人なのだろうと思った。

「まあ、そういうことになるかしらね。でも、大丈夫。アナタたちに迷惑がかからないようにうまくやるわ」

「うまくやるって何なの？」

ミナトは拳を握っている。

律は沙保とミナトの反応が意外だったようで、「えーなんで？　そんなにショック受けるようなことぉ？」とおどけながらも戸惑った様子だ。

「なんではこっちの台詞《せりふ》。あなたはどうして自分の価値が分からないの」

ミナトの怒り交じりの嘆きに、律は不思議そうに首を傾げている。

「アタシ、あなたたちにそんなに惜しんでもらう程のこと何かした？　してないわよね」

「勝手に決めないで」

沙保の叫びに律は決まり悪そうだ。

「律さんがいなかったら、俺、本当にどっかのビルから飛び降りて死んでたかも知れない」

「私だってそう。今、この世にいない」

「それはヒサエさんがされていたことを引き継いだからよ。アタシの功績じゃないわ」

どうにも話が通じない。焦りと無力感で喉の奥深くに重い固まりが詰まっている気がした。

クリームソーダの上に載ったアイスクリームを柄の長いスプーンで掬《すく》ってみながら口に運べずにいる。

悲しいのは自分たちの居場所がなくなってしまうからではない。

ここで暮らす日々はとても楽しい。毎日が楽しくて、穏やかで息のしやすい場所だ。

自分は生まれる場所や時代、その他諸々《もろもろ》を間違えたのだと思う。どこに行っても苦しくて、笑っていても寂しかった。そんな自分がここで初めて、本当の自分を表に出せたのだ。

でも、それはすべて律がいてこそだ。

沙保とミナトの二人だけだったら、何一つ分かり合えないままにすれ違って終わっていただろう。

律が好きだと思った。

もちろん恋愛の好きとは違う。けれど、彼女のいない明日なんて考えられない。

もっと律を知りたい。

何が好きでどんな時に喜ぶのか。律を喜ばせたいと思った。律が知っていることをもっと教えて欲しい。律が見ている世界を教えて欲しいと思った。

「クリスマスが過ぎたらお正月が来る。お節を作って、お花を飾って三人で迎えよう。春のお花見も、秋のお月見もハロウィンだってバレンタインだって、きっと楽しい。私、もっともっとあなたに教えてもらいたいことがある。もっとあなたを知りたいし、頼りたい。だからお願いします」

本当に欲しいものを欲しいと口にするのは初めてかも知れないと頭の隅で考えた。

「残念だけどお断りよ」

律が首を振る。

「アタシはね、春が嫌いなの。お正月を迎えたくないのよ」

意外に思った。律ならばきっとお正月なんて特に楽しく過ごすに違いないと勝手に考えていたからだ。

「冬至《とうじ》は一年で一番日が短いっていうのは知ってるでしょう？　その後、本格的に寒くなっていくんだけど、でも日ざしは春へと向かっていくの。アタシはどうにもその明るさが苦手なのよねえ」

その言葉はあまりにも目の前の人にそぐわない。

らしくないと感じた。

「自分の誇りを守るために、自分が自分らしくいられる間に自分の意思で人生を終わりにするのよ」

「ねえ、律さん」

ミナトの声が震えている。

「僕たちはこれから新しい人生、やり直すつもりなんですけど、でも、それって絶対に平坦な道じゃない。僕なんて特にそう。これから何をどうするのか全然何も決まってないし見えてない。カミングアウトできるのかどうかさえ自信がないぐらい、本当に情けない状況なんだよ」

ミナトの顔に浮かんでいるのは不安だ。

「沙保もそうだと思うけど、これまで自分を偽って来たから、その分きっと未熟で至らなくて、道も分からない。この先壁にぶつかりまくると思う。そんな時にあなたに居て欲しい。居てもらわなきゃ困る。導いて欲しい。そう思うのって図々しいですか?」

「ごめんなさいね」

律の低い声が聞こえた。

居心地の良い空間、その空気を作っているのは律自身だと思う。

「悪いけどもう決めたの」

さあて夕食の仕度をしましょうかなんて言って立ち上がり、律は話を打ち切った。

二階の部屋に戻り、ずっと考えている。

律のことをいつも機嫌のいい、愉快な性格の人だと思っていた。

それは結局、何にも執着しない薄情な性格に起因するものだったのかも知れない。

自分たちは最初から騙されていたのかと思った。

いや、違うよ。違う。

勝手な人物像を思い描いたのはこちらなのだ。話が違うなんて律を詰るのはそれこそ勝手過ぎるのだ。

一体、自分は何がこんなに悲しいのだろう。

部屋の床に座り込んでうなだれている。

ここでの時間はずっと続くと思っていた。六ヶ月が過ぎれば約束通り自立するけれど、律はずっとここにいて、いつでも楽しく自分たちを迎えてくれるのだと思っていた。

自分が考えていた程には、あの人は自分たちとの時間を大切に考えてはくれなかった。それを裏切られたと感じているのだろうか。


「沙保はさ、友達とか親戚とか、誰か親しい人に自殺されたことある？」

ミナトが言った。

首を振る。沙保はパジャマの上に上着を羽織り、もこもこの靴下を履いていた。風呂を済ませ、ミナトの部屋で畳の上に座って話をしているのだ。

「俺はね、二回ある。高校の時、同じクラスだったヤツと、小学校の時に親戚のおじさんが亡くなった」

「そうなんだ」

ミナトが前にここに来たのは高校の時だ。何か関係があるのかも知れない。

「ああいう死に方はね、絶対にしちゃいけないと思った。いつまでも残るんだ。周囲の人みんなに傷が残る。ふとした時に甦ってくる。後悔っていうか、病気や事故で亡くしたのとは根本的に何かが違う。何年経ってもずっと痛みが続くんだ」

火の気のない部屋だが、さほど寒さは感じなかった。

ミナトは大きな身体を丸めるようにして話している。

沙保は先ほどから手すさびに箱を触っていた。寄せ木細工の綺麗な箱だ。ミナトはこれを押し入れの天袋から発見したものの、開け方が分からないらしかった。

「それほど近しい関係でなくても、自分の言動が原因になったんじゃないかとか、あの時、異変に気付いていればとか、もっと何か出来たんじゃないかとか色々考える。多かれ少なかれみんな後悔するんだと思う」

「でも、ミナトは……」

種をもらうためにここへ来たのではなかったか。

ミナトは頷いた。

「いざ、どん底まで落ちこんでしまうとそんな風に周囲を慮《おもんぱか》る余裕もなくなる。その気持ちがよく分かった」

「うん」

「律さんは種を飲んでも絶対に大丈夫だという自信があるってことなんだよな」

うーん、と不満げな声が出てしまう。

「あそこまで強くて、後悔や未練なんかが増幅する心配もない達観した状態、それで自分の誇りのために完璧に幕を引きましたっていうなら、周囲もあっぱれとは思いこそすれ、別に自責の念にはかられないんじゃないかなって、ちょっと思った」

「そうなのかな」

「尊厳のためだろうが何だろうが自死には絶対反対って人もいるかも知れない。でも、そんな人でも今回に限っていえば、止められなかったことは後悔しても、助けられなくてごめんね、気付かなくてごめんねとは思わないんじゃないかな。相手が凄すぎて」

ミナトの言わんとすることは分かる気がするが、納得はできなかった。

「これが律さんの美学だっていうなら、送ってあげるしかないんじゃないのかなという気もするんだ」

「私はそんな物わかりのいいこと言えない」

眼鏡を外したミナトの細い目がじっとこちらを見ている。

かなり視力が悪いからはっきり沙保の顔が見えるわけではないだろうに、彼は視線を外そうとしなかった。決まり悪くなって箱を転がしてみる。

「じゃあさ、この先、沙保はどうする？　何とか律さんを説得して、ずっと一緒に暮らすか」

ふむと、ミナトは鼻を啜《すす》って続ける。

「まあ仮にそれでうまくいったとして、遠くない未来に、もし、もしもだよ。あの人が不安に思ってるような認知症とかになったらどうする？　あの人、後悔するよね。なんであの時、死なせてくれなかったんだって。それじゃもう種は使えないだろうし。第一残りの時間はどうなるんだろ。僕たちで介護する？　責任あるもんね。でも、それってあの人の誇りを全力で踏みにじるような話じゃない？　正直、僕だってあの人のそんな姿は見たくないよ」

「そんな先のこと、どうなるかも分からないのに最悪のケースを考えなきゃならないものなの？」

「そりゃまあね、今まで通り楽しく暮らせるかも知れないしね」

ミナトが頷く。

「けど、正直、たまたまここで出会って、数ヶ月一緒に暮らしただけで、僕らにそこまであの人を縛る権利あんのかなあとは思う」

確かに、自分たちは律の家族でも恋人でもないのだ。そんな権利はないだろう。

「ミナトはここを出たらどうするの？　大阪に残る？」

「分からないけど、死ぬまでここにいるってことはないいんじゃないかなとは思う」

似た境遇だと思っていたが、自分と彼ではまるで立場が違うのだと思い知らされる気がした。

「あっ」

不意に箱の一面が横にスライドしたのに驚いて声を上げる。

「おっ？」

ミナトが覗き込んでくる。調子づいて色々に試していると、ついに箱が開いた。

中には新聞紙が詰め込まれ、真ん中に何か入っているようだ。派手な柄《がら》の布に包まれている。古いスカーフらしかった。

顔を見合わせて、スカーフを開いてみる。

ひんやりしたものが手に触れた。

「え、これって？」

現れたのは手のひらに収まるサイズの丸みを帯びたドームのガラスだった。

照明に透かしてみると、ガラスの中に小さな家の模型が浮かび、粉雪が舞い上がる。

「スノードームだよね」

うん、と頷きながら、何となく胸がざわつくのを感じた。

以前に律から聞いた夢の話を思い出したのだ。

「何か隠してあったみたいだし、元に戻そうか」

何となく表に出さない方がいいような気がして、そう提案すると、ミナトも異存はなかったようで、元の場所に戻してくれた。


昔、描いた漫画を思い出している。

編集者に恋愛要素が足りないと評されたものだ。

不死の主人公は地球最後の日に一人でいる。恋人も家族もいない。友達が心配してきてくれたが、追い返してしまう。

友達にはあたたかい家族がいるのを知っているからだ。

第一、自分は死なない。地球が滅びても一人生きているのだ。そんな自分は友達や他のみんなが死んでいくのを見送らなければならない。たった一人で孤独を抱え続けていくのだ――。

今ならば、あんな暗い話が商業誌に載るはずもないと分かる。編集者はせめて主人公に恋をさせ、愛の力で不死の呪いから救われる結末にしてはどうかと助言してくれた。助言に従い、何度か描いてみたが、出来あがったのはとってつけたような結末の歪な物語だったと思い出す。


ミナトは新しい家を探し始めている。

ふと、ここはシェルターなどではなかったのだと気がついた。

ここはその名の通り、駅の待合室なのだ。

自分以外はみんな行く場所がある人たちで、彼らは出発の用意が整うのを待っている。

ミナトはどこか新しい街へ。きっとそこには彼の新しい仲間たちが待っている。

律は手の届かないどこかへ行くのだ。

だが、沙保の乗るべき列車は永久に来ない。

バタフライピーのゼリーで満たされたスノードームの底に沈む待合室の中に座り、どこへも行けず一人蹲っているのだ。


遠くに海を見渡す二階の部屋で液晶タブレットを開いている。

イラストに色を加え、台詞や文字を入れていく。

スノードームの中に沈む、元喫茶店の洋館。そこで暮らす、ブリキの木こりとライオンと案山子。それぞれ何かが足りない三人の物語だ。

「心をもらい忘れた俺には愛が分からない。だから大切な人がいないんだ」

　ブリキの木こりが言う。

「大切な人だって?」

「うん。たとえば地球最後の日、この後、巨大な隕石《いんせき》が衝突して何もかも消えてなくなるんだ。そんな時、みんななら誰と過ごす?」

「え、誰だろ」

　臆病者のライオンが考えている。

「やっぱり大切な人じゃないかい?　もう仕事とか明日のこととか何も考える必要がないんだよ。なら大切な人とおいしいものでも食べて過ごそうってなるだろ」

「なるほど」

　ライオンが頷く。

　勇気を得たライオンはゲイである自分を認め、少しずつ前へ向かって進み始めている。いつか誰かと恋をして、大切なパートナーを得るのかも知れない。

「俺は友達さえいない。でも、こうも思うんだ。もし友達がいて、自分にとっては一番大切だったとしても、その子に恋人や愛する家族がいたら、その子にとって俺は一番大切な人ではないだろ?　俺なんかと一緒にいたせいで一番大切な人と離ればなれのまま最後になっちゃったら、その子はきっとすごく心配するし、寂しいはずだ。その寂しいは、最初から寂しい俺の寂しいとは違う気がする」

「どう違うのさ?」

案山子が訊く。

「俺は心がないからよく分からないけど、重さっていうか濃さみたいなものなのかな」

元々持たない人間の寂しさは薄い。けれど、持っている人間が大切な存在と引き裂かれて感じる寂しさはずっと重く、濃いのではないかと思う。

「だから、俺は望んじゃいけない。友達だから、大切だからって、こっちが思っても向こうにはもっと大切なものがあるんだよ。人を愛せないってのはそういう孤独を引き受けるってことだと思うんだ」

ブリキの木こりは空を仰ぐ。

スノードームの天井に星が輝いている。

「大切な人は心がなくちゃ手に入らないんだ。でもここへ来て、そうじゃないものがあるのかもって初めて思えた」


「なのにやっぱり俺の手には入らないんだな」

という台詞は書いて、消した。


久しぶりに由利香のノートを開く。

あの後、彼女がどうなったのか知るのが怖くてずっと読めずにいた。

一人ぼっちで待合室に座っているのはあまりに寂しい。ノートの文字に託された由利香の心に触れたいと思う。

先のページを開いて、ぎょっとした。

それまで彼女らしい丁寧な文字が並んでいたのに、突然、激しく殴りつけるような文字が並んでいるのを見たからだ。


私は一生懸命なろうとしていた。

妻に、母に。

周囲の期待する姿に自分を合わせ、押し殺してきた。

普通であるために、周囲に紛れるために。

それがこの国における人間のありようで、女として果たすべき役割だったからだ。

そうでなければ世の中は壊れてしまう。

女であれと皆が呪う。

お前は性愛の対象だ。小賢《こざか》しい口などきかず、夫や婚家に従順な、可愛い、身の程を弁えた存在であれと。

自分の足で立つための経済力を奪われ、よき母であれと。


すべて思い出した由利香は十二月、婚家に向かった。

子供を取り戻すためだ。

小学生になった子供は由利香のことを覚えていたが、全身で拒絶した。

彼は婚家の跡取り息子《むすこ》として大切に育てられているようだった。

父や祖父《そふ》と同じような尊大さが見え隠れするのだと由利香は書いていた。


ママと一緒に行こう？　と誘ったが、幼い首を横に振り、憎しみの色さえ浮かべ彼は言った。

ママは変だってみんなが言ってる。お前がママのままだったら、ぼくもみんなから嫌がられちゃうじゃないか。

今のお母さんはちゃんとしてるから何の心配もないんだ。


乱れた文字が並ぶのだ。

だが、数日後の日付で書かれたページは端正な文字に戻っていた。


身の内で蠢くもの、それは自分が女であることから解放してくれない。

どうしても逃れられないのだ。

生理が回ってくる度に、嫌というほど思い知らされる。

男によって侵略され、支配される。他の女には喜びでさえあることが、私には耐え難い。

狂おしいまでに、吐き気を催すほどに嫌悪する。

私だけではないかも知れないと思うことがある。

違和感に目を瞑《つぶ》り、女であることを飲みこんで生きている人もいるのではないか。

それはごく少数なのか、それとも声を上げられないだけなのか分からない。

あの家にいた後妻は女の理想、母のあるべき姿を体現したような人物だった。

私はその場所を奪われたとは思わない。

けれども、今、私を覆い尽くすものは憎悪と恨みと後悔、喪失感ばかりだ。

女は女でしかない。

そこから逸脱《いつだつ》することは許されない。女は女らしく、美しく優しくあれと。

自由を得られなかった過去の女たちの怨嗟の声がわんわんと音を立て、羽虫の大群のように襲いかかってくる。

この世の中には男と女しかいない。

私は女ではいられないが、男になりたいわけでもない。

どちらにもなれない自分は女の形をした化け物なのだ。

こんな感情に覆われて生きていけるはずなどない。

もうここで伊藤由利香を葬り去ろうと思う。


ノートはそこで終わっていた。

窓の外には冷たい雨が降り続いている。

沙保は感情を抱えきれず、何かをひどく欲した。それが何か分からず、両手で顔を覆い、爪を立てる。

まるで覚悟もなく種を飲んだ者の断末魔《だんまつま》のようだと思った。

こめかみから頬へ、ぎりぎりと連なる痛みに、少しだけ救われた気持ちになる。

映画に出てくるラバーのマスクみたいにこの顔を剝ぎ取れたら、どんなにいいだろうと考えた。

隣町の古い町屋が並ぶ一角に、変わったアトリエがある。外観は昭和後期に流行《はや》った近未来風のデザインのレトロな美容室だ。引退した祖母《そぼ》から受け継いだ店を四十代ぐらいの女性が切り盛りしている。ただの美容室だと思っていたが、店主の妹が特殊メイクを勉強しているそうで、看板の下部に小さく「変身屋」と書き加えられている。

客の希望する姿に変身させてくれるのだ。

思い切って訪ねた沙保の希望は「誰からも見向きされないような老いた女性」だった。

メイクや美容の華やかな世界は苦手だ。

美容室に行くのも沙保にとっては勇気のいることなのだ。どこか浮ついた世間話も苦手だが、無言でいるのも居心地が悪い。

鏡に映る自分の姿も嫌いだ。

綺麗になっていく、可愛くなっていく。

一体誰のために、そんな風に装う必要があるというのだろう、と内心いつも考える。

アーティスト名ごぼうと名乗る妹は愛想なく「よろしくお願いします」と言って、首を軽く曲げただけだったが、施術に入ると目の色が変わった。沙保のことなんてまるで気にしていなくて、ただメイクしか見ていない。余計な話もせず、絵を描くためのキャンバスに向かうような眼差《まなざ》しが沙保にとっては楽だった。

メイクをするのは美容室の店舗ではなく、奥にある居住部分だ。古い家の茶の間みたいなところで、おばあちゃん家に遊びに来たような気分になる。

ここには鏡などなく、花柄のグラスや小さなカップなどが並ぶサイドボードのガラスに自分の姿が映っている。

おばあちゃんになるのは自分だ。

皮膚の上にたるみが現れ、細かい皺や太く刻まれた線が描かれていく。自分の顔の上で時間を早送りしたみたいに老いていくのだ。まるでケーキにデコレーションしているみたいだと思った。

「冬ならマフラーや手袋で隠せるんすけどね、まだちょっと早いんで」

ごぼうがそう言いながら首や手にまでパテを塗り、皺を作っていく。

「できたんで、見ますか？」

案内されたのはトイレだ。洗面台の上に鏡がある。年季の入った小さな洗面ボウルの上の壁に直《じか》に貼り付けてあった。金属製の枠の下から腐食が始まっているようで、ところどころに黒いシミが浮いている。

鏡に映っているのは見知らぬおばさんだった。それでいて自分に似ている。七十歳ぐらいだろうか。皺にたるみ、法令線やマリオネットラインといわれる線がくっきり刻まれている。たるんだ目もとに気弱さを見た気がして、怒ったように目尻を上げてみる。

どこか母にも似ていた。

メイクだけではなく、古着屋で探したという服にウィッグ、履き古したぺたんこ靴まで、どこか垢抜けない地味な老女に見えるよう、ごぼうが揃えてくれた。

「歩き方はそっすね、高齢の人は姿勢や筋力の低下なんかがあるんすよ。でも、お姉さんは元々歩き方や立ち姿にも覇気がないからそのままで自然に見えるかも知れないっす」

そんな風に見えるのかと結構ショックだ。

「あんたはまた失礼なことを」と姉の方がごぼうの頭をはたき、ごめんねえと謝ってくれたが、気にしてないからと首を振る。

店を出て律と落ち合い、大笑いしている彼女とバスに乗って梅田に出かけた。

ごぼうの腕は大したものだと思う。沙保が見る限り違和感はまるでない。

律も「すごい、どこから見ても本物だわ。ヤダ、脳が混乱するう」などと喜んでいるがそれでもこれは特殊メイクだ。映像の中とは違い、現実世界を歩いていれば悪目立ちするのではないかと構えていたが、誰も沙保を顧みなかった。拍子抜けだ。

信じられないぐらい快適だった。

誰も自分を見ない。人々から向けられる視線に怯えることもないのだ。

男たちの性的なものを含んだねっとりした視線、やっかみ交じりに向けられる見知らぬ女性たちの眼差し、沙保の内面の歪さを知る人からの異物を見る目。そんなものすべてから解放された。

その分、律が一身に様々な視線を集めていることに気づいて、はっとする。

すれ違いざまの一瞬だ。派手な身なりに対して咎めるようなものもあれば、嫉妬《しっと》や羨望、感嘆なども注がれる。

まず感じるのは戸惑いの色だ。何者なのかと誰何《すいか》するような、値踏みするような、それでいて興味津々《しんしん》といったものだ。

以前律が言っていた、稲穂の中のガマの穂というたとえを思い出す。

やはり異質な存在なのだろう。しかし、同じ異物であっても、律は他者に対して優位だ。そもそも同じ土俵に立とうとしていない。

異質な人間に対する警戒というものがある。この人は一体何？　と立ち止まった相手に対し、律が発しているのは開放的で友好的な雰囲気だ。加えてセンスの良さがあり、自信に溢れた態度でいる。不審が好意に変わる瞬間を沙保は何度も目の当たりにした。

凄いなと思った。これが沙保なら、不審がそのまま嘲笑《ちょうしょう》や嫌悪に変わるだろう。

律は抜きん出た存在なのだと改めて思う。

徹底して自分らしく生き、死んでいくつもりなのだ。

律と別れて一人になった。

誰にも気づかれず、地味で目立たない存在として、群衆に紛れ、目的もなくさ迷う。

『身の内で蠢くもの』

由利香が書き残した、その感覚が何となく分かる気がする。

現在、生理が終わって一週間経ったところだ。本来ならば排卵期にあたる頃だ。今は低用量ピルを飲んでいるので排卵が止まっているが、以前はこれも不調の一因だった。身体が水分を貯め込むのでむくみ、腰が痛くなったり吐き気がしたり、おりものが出たりする。

性欲が高まるのもこの時期だ。

子宮が蠢く感覚というのがある。

腹の奥深くでぐちゃぐちゃと咀嚼《そしゃく》を繰り返す歯のない怪物が巣くっているようだと思った。

恋人の侵入を許せば、怪物は喜んで咀嚼するだろう。

けれど、沙保にはそれが耐え難かった。

宿主を間違った寄生生物を身中に養っているような気がする。

怪物の欲望を満たすために身体を開けば、心が切り裂かれるのだ。

恋愛ができるできない以前の問題だ。

自分は不完全な人間、由利香の言葉を借りれば女の形をした化け物なのだ。

雑踏の中を歩きながら、すれ違う人々の表情を観察している。

男、女、老人、若者、子供、外国人。

街中で幾千の表情が爆《は》ぜているように感じた。控えめな優しさ、笑顔、軽薄、喜び、悲しみ、苛立ち、憎悪や不満。暗かったり明るかったり、多くの表情が花咲き、萎《しぼ》みながら目の前を通過していく。

万華鏡のようだと思った。

みんな目的を持って歩いている。

向かう先が決まっているのだ。

自分はどこにも行けない。

いつかこんな風に人の目や、そして生理からも解放された日、自分はどんな風に感じるのか知りたかった。

なんだこんなに楽なのか、なんて思えるのかと期待していた。ならばその日まで我慢して生きればいい。

そう思ったのに、襲ってきたのは猛烈な孤独だった。

どこかへ向かう人々の群から取り残され、この世界でたった一人、本当の老いを迎えるまで、歪な化け物として存在し続ける。

自分が救いようのない化け物であることに気付かず、多くの人を傷付けた。

聡史も祐貴もみんな、当たり前の幸せを求めていただけだ。何も悪いことをしていない。彼らが傷付く必要なんてどこにもなかったのに、自分のような化け物と出会ってしまったせいで、巻き込まれて苦しんだのだ。

自分は存在するだけで罪もない人々を傷付けてしまう。

悲しいと思った。

自分も幸せになりたかった。けれど、化け物がそんなことを望んではいけなかったのだ。

後悔が喉の奥に詰まったみたいになって、うまく息ができない。

一体、自分は何のために生まれてきたのだろうと思った。

自分は世の中に何も残せない。

母が言っていたように子供を産み育てるのが女の存在意義なら、自分はどうやっても果たせない。

果たすべき役割を果たせないのだ。

律のように仕事で功績を残すこともできないし、それどころか沙保は社会を回す歯車の一つにさえなれなかった。どこへいってもトラブルを招くばかりだ。

いくら生理の痛みをコントロールしたところで、楽になったのは肉体だけだ。自分の魂は永久に飛び立つことができない。泥の中でもがくばかりなのだ。

由利香と自分はあまりにも似ている。

彼女の選択に思いを馳《は》せた時、感じたのは静寂だった。何もない世界で、彼女の心はきっと凪いでいるはずだ。

そこにあるのは安らぎだけ。もう何も思い悩むことはないのだ。

来月、あのシェルターは閉じてしまう。

冬を待つ梅田のターミナルの雑踏、天井の高いコンコースにこだまする人々の歓声や靴音、気の早いクリスマスの音楽。デパートのショーウインドウを彩るクリスマスディスプレイ。

華やかなざわめきの中、目立たない老いた女の姿で決意する。

自分もあの洋館と運命を共にしようと思った。

第四話　海の色のボンボニエール

クリスマスイブ、洋館の中を花々で飾った。家中に様々な色彩の薔薇《ばら》を活けてあるのだ。

ミナトと二人、休みを取っている。

実をいうと、沙保は既に退職しているのだが、この先のことを気取られたくないので黙っていた。

夜のパーティのために、昼過ぎからご馳走を沢山作った。シャンパンに合うオードブルに色とりどりのサラダ、メインはチキンの赤ワイン煮込みだ。律の手は一切借りず、ミナトと二人で仕上げた。

祐貴と居た頃に比べると、少しは上達したと思うが、料理上手な律の足もとにも及ばない。レシピがないと不安で何も作れないのだ。料理好きだというミナトにも負けている。ミナトは料理の勘みたいなものに優れていて、適当に作っているようでそれなりにおいしいものが出来ていた。

結局、自分はだめなままだったなと思う。

料理は主にミナトに任せ、沙保は盛りつけや飾り、お菓子作りを担当した。

律のリクエストに応え、レシピと首っ引きでチョコレートケーキを作った。

食後に律の提案で、コーヒーや紅茶ではなくモルトウィスキーを合わせることにした。

スモーキーな香りと濃厚でビターなチョコレートが混ざり合い、口の中に豊かに拡がる。

「んんっ、とってもおいしいわ。素晴らしい出来ね。初めて作ったとは思えないわ」

褒められ、照れ臭くて「いやあ」などと頭を掻いている。

何も変わらない日常の一コマのようだ。

なのに、明日、律は種を飲む。

どれだけ懇願《こんがん》しても、縋っても、律の決心は揺らがなかった。

律は残る作業を完璧に終わらせている。

この洋館の権利は沙保とミナトに遺贈するという内容の遺言書を作っていた。

元々、しかるべき団体に寄付するはずだったものを、沙保たちに渡すというのだ。

「だから、アナタたちが望むなら、別にクリスマスが過ぎても出て行かなくていいのよ。逆にもうここがいらないってなったら好きに処分してくれていいの。決してアナタたちを縛るものじゃないことは覚えておいてね」

彼女は自分たちに居場所を残してくれるつもりなのだ。

律は弁護士《べんご》を通して音信不通になっている子供の意向も確認していたが、「まったくの他人だと思っているので何もいらない」というのが相手の答えだったそうだ。

結局、律をこの世に繋ぎ止めることができないまま、この日を迎えてしまった。

「あ、そうだ。律さん。伊藤由利香って人、知ってる？」

　ふと思い出して訊く。

「誰？」

「昔、ここに来たことがある人らしいんだけど。もしかしてヒサエさんから何か聞いたりしてないかなって思って」

「あ、それは僕も気になってた」

　ミナトが言う。

　ノートの内容を少し話してみた。

　説明するのは苦しくて、声に涙が乗るのを隠すのに必死だ。

　これから死にいく人の心に負担をかけてはいけないと思う。

「あの人、どうなったんだろう。まさか亡くなったなんて思いたくないんだけど」

　気負わない善良さだけが滲むミナトの声に自分も救われた思いで頷く。

　沙保は由利香の書いたメモに導かれてここへ来たのだ。

　やさしい死に方を教えてくれるはずなのに。そうレコードに託して送り出した彼女が無惨な死に方をしたなんて思いたくなかった。

「聞いたことないわねえ」

　律が首を傾げる。

「そっかあ。どこかで元気にしてくれてるといいんだけど」

　ミナトの呟きに、そうだねと呟く。自分でも驚くほど低い声が出てしまった。

相変わらず、自分の表面は不器用でうまく立ち回れず、あたふたと無駄に気を遣っては空回りしている。

けれど、沙保の心の奥底に沈む気持ちは不思議と凪いでいた。

食後、少し寒いが窓を開け、縁側で月を見る。冴え渡る空に満月が浮かんでいるのだ。

黒い水面に月光が落ちて、金色の光の帯が拡がっているように見えた。

三人で沢山着込んで縁側に腰かけ、最初の夜に律が作ってくれたフルーツ入りのカクテルを飲んでいる。

「ここでさ、キャーンプナイトって律が言って、カレー作って、ランタン吊って……」

思い出すと泣けてきてしまった。

律と過ごした日々が次々に浮かんでは消えていく。

「お別れね」

美しく化粧をした律が月に向かってグラスを高く捧げる。

彼女の派手な笑い声が鼓膜を震わせた。

強風に身を竦める。

今日の最低気温は一度、夜半から風が出て、荒れそうだとラジオの気象予報士が言っていた。

月も隠れてしまっている。

川から吹く風は髪を嬲《なぶ》り、上着を吹き飛ばしてしまいそうだ。びゅうびゅうと耳許で唸り、容赦なく真正面から吹きつけてくる。

一歩進むにも大変な苦労をしながら川へ向かった。

時刻は深夜一時を回っている。

沙保は目をこらして川面を眺めていた。美しく誘うようだった金色の帯はどこにもない。

あんな穏やかな別れが本心なわけがない。

沙保は絶対に律が種を飲むのを見たくなかった。

完璧な人の完璧な終焉《しゅうえん》だ。後悔も未練もないあの人は種を飲んで多幸感に包まれて死んでいける。

なんて羨ましいのだろうと思った。

自分には望んでも手に入らない最期だ。

もし自分が種を飲んだら、これまでの人生でやってしまったこと、傷付けた人たちへの悔悟に加え、せめて何者かになりたかったという未練が渦巻いてとても正気ではいられないだろう。きっと、増幅した負の感情に苦しみ抜いて死ぬことになるはずだ。

今頃、律は種を飲み、眠りに落ちた後かも知れない。

そして、数時間か半日かののち目覚める。

その時、律は自分を取り巻くすべてのものに感謝をして死んで行くのだ。

『穏やかで、この世の苦難をさっぱり洗い流したような優しげな顔で周囲に手を合わせながらの往生』と古文書に書かれていたという。誰か知らない人のその時のように。

律のそんな姿を見たくなかった。

いつも自信たっぷりの、男なのか女なのかよく分からない物言いで沙保を煙に巻いた律のままでいて欲しかった。

川は黒く、真っ暗だ。

水は見えないのに恐ろしく獰猛《どうもう》な何かが潜んでいるように思える。

堤防から土手に降りて、しばらく歩いた。

風に交じって、打ち付ける波の音が重い地響きを伴って聞こえてくる。どれだけ多くの水を湛《たた》えているのだろう。とてつもない質量を予感させる。

土手を降りて進むと、波しぶきが顔にかかり、吹きつけてくる風がたちまち体温を奪っていく。

律は深い青の深海へ落ちていく。

対して自分にふさわしいのはこの暗く澱んだ川なのだ。

護岸ブロックの上に立つと、強風に煽《あお》られた波が靴を濡らす。

構わず進むと、くるぶしを洗う水を不思議とあたたかく感じた。

風に体温を奪われているのだろう。

最初に律が川で入水なんて絶対にダメよと言っていたのを思いだして笑おうとしたが、笑えなかった。寒さで全身が震え、歯の根が合わない。

びゅうびゅうと吹く風の音に掻き消され、何も聞こえなかった。

寒い、辛い、寂しい。

情けなく泣きながら後ろを振り返る。

滲む木々の向こうのはるか上部に洋館の明かりが揺れているのが見えた。

あれ？　と思う。

随分と光の数が多い。

窓の光に加えて、小さな金色の光の輪がいくつも揺れているのが見える。

軒先や木の枝、庭の柵などにいくつもランタンを灯してあるのだと気がついた。

瞬く光がとても綺麗で、思わず手を伸ばそうとして、藻《も》に滑り、水中で尻餅《しりもち》をついて転んでしまった。打ち付けた足が痛む気がするが、寒さであまり感じない。

そのまま押し寄せる水に身体を運ばれそうになる。かすかなヘドロの臭気と、どこか懐かしい潮の匂いを感じた。

衣服が水を吸って重い。

川で溺《おぼ》れた死者たちが寄って集《たか》って引きずり込もうとしているかのようだ。

それでも光に手を伸ばしたくて、必死に這い上がる。

帰りたいと思った。あの洋館で暮らした日々が懐かしくて堪らない。

重く痛む手足を必死で動かし、もがいている。

たとえ寂しくても孤独でも、あの光の中に戻りたかった。

こんな暗くて寒い場所は嫌だと思う。

わななくばかりで身体が言うことを聞かない。ようやく土手に手が届いた。冬枯れの草を夢中で掴むと、ぶちぶちと千切《ちぎ》れた。

だが、そこまでだった。

冷たさが激痛に変わっている。風が吹いて身体からどんどん熱が奪われていく。全身が切りつけられるように痛むのだ。

夢を見た。

自分の部屋を出て廊下を歩く。古い木造の建物だ。どこの板を踏むと、軋むかなんてことも覚えてしまって、気をつけながら歩いている。階段を下りると、一旦、勝手口に出る。縁側の並びにあたる場所だ。そこから方向転換して、廊下を歩く。喫茶店との境の扉から、夕食の匂いが流れて来る。

扉を開けると、喫茶店だった場所だ。間接照明で照らされたカウンターの中で、案山子とライオンが楽しそうに喋っている。

次の瞬間、眩い光に照らされた待合室から案山子を乗せた汽車が月明かりを浴びて、飛び立っていくのを見た。

ライオンも荷物を持って帽子を被り直し、扉を出て行く。

磨き込まれたガラス製のスノードームにバタフライピーのゼリーが注がれる。

青い水の底に横たわっているのは醜い化け物の標本だった。

あたたかい液体に満たされて、誰からも顧みられることなく眠るのだ。

それとも見世物になって、人々の好奇の眼差しと嘲笑に晒されることになるのだろうか。

ああ、それにしてもあたたかい。バタフライピーのゼリーは体温より少し高い温度で、全身を包み込むような心地好い寝床だった。

何かの音を聞いた気がした。遠く、ゼリーの皮膜の向こう側のどこかだろう。

くぐもったような音が何なのか考えている内に、ガラスが壊れたようだと思い当たった。

「おい沙保、沙保」

誰かの声が聞こえる。

身体を揺さぶられ、鬱陶しさに払いのける。

「あ、動いた。おいっ」

耳許で叫ぶ声に、思い切り顔を顰めた。

「ほっといて」

そう言ったつもりだったが、出てきたのはしゃがれ声で、言葉は一つも形をなさない。

恐ろしく眠かった。

放っておいて欲しいのに、声はどんどん大きくなって、揺さぶりも激しくなる。

「何、もう……」

怒りに任せて目を開けると、眩しい照明が目を射った。

「あ、良かった。目を開けた。沙保が目を開けたよ律さん」

どこかで聞いた声だと思った。

懐かしい名前に切ない気持ちがこみあげてくる。流れ出した涙が冷たい頬を伝うのを熱いと感じた。

「え、なんで？　私……」

ようやく意識がはっきりしてきた。

驚いて身を起こすと、喫茶店の椅子を並べた上に寝かされ、電気毛布で身体をくるまれている。

「もうさ、本当にこんなの止めてくれよ。沙保が冷たくなって倒れてるのを発見した時の気持ち分かるか？」

ミナトは怒っていた。彼がこんな風に語気を荒らげるのは初めて聞く。

律がこちらを見ているのに気付いて、えっと思った。

「嘘。律さん？　もう目が覚めたの？」

多幸感に包まれているのかと思ったが、律は憮然《ぶぜん》としていた。

顔色が悪い。種のせいかと考える。

「まだ寝てないわ」

意味が分からず首を傾げてしまった。

「飲んでないのよ、種を」

「え、なんで？」

不思議に思って訊くと、律は腕組みをした。

「言い忘れたことがあるから、あなたに。どうしようかと思ってたら、沙保がいないってミナトが取り乱して駆け込んでくるんだもの。すっかり飲み損ねちゃった」

律の雰囲気が違う。いつも機嫌のいいはずの彼女が、とてつもなく不機嫌そうなのに驚いた。

「ご、ごめんなさい」

反射的に縮こまる沙保をじっと見て律は続ける。

「まさかあなたが死のうとするなんて思わなかった。でも、考えてみればそうね。そうなるか。ああ、私にはそんなこと言う資格ないわね。分かってる。私は焦ってたのよ」

語りながら、律は心ここにあらずといった雰囲気で、声や抑揚が平坦だった。妙に虚ろなのだ。

「え、あの、何を？」

「話は明日にしましょう。あなたはこれからお風呂に入って、ゆっくり寝なさい」

「明日って、種は？」

律は肩を竦めて見せた。

「無期限延期よ」

意味が分かるまでしばらく時間がかかった。

「それって……」

確かめたかったが、有無を言わさず風呂場に追いやられてしまった。


来ないはずだった明日にいる。

冬の午後、柔らかい光が窓から射し込み、喫茶店のテーブルを照らしている。

風邪《かぜ》を引いたというほどではないが少し熱っぽい。扉を開けて外気を吸い込むと、冷たい空気が肺の奥にまで流れ込んできた。

寒いのに、金色の日ざしが眩しく、何かを呼びかけるように高く引く鳥の声がたまらなく愛おしくて、しばらく立ち尽くしていた。

「ホットチョコレート作ったよ」

ミナトの声に我に返り、室内へ戻る。

ぶ厚い陶器《とうき》のマグカップで冷えた手を温めながら口をつけるとチョコレートの甘い匂いがした。使われているのはかなりビターなものらしく、洋酒の香りもする。

作ったミナトは自分のものを甘く仕上げたそうだ。

向かいに座る律はやっぱり不機嫌で、さっきから何も喋らない。

表情も動かない。かと思うと、痛みを耐えるように顔が歪んだ。

何故なのだろうと思う。

沙保に伝え忘れたことがあるから種を飲むのを延期したというが、伝え終えた後で改めて飲み直せばいいだけではないのだろうか。

ホットチョコレートが胃にまで落ちて、じわじわと熱が身体に拡がっていく。それに合わせたように嬉しさがこみ上げてくるのを感じて、意外に思った。

自分は生きているし、律も生きている。

失敗したのに嬉しいのだ。

「無期限延期って、死ぬのをやめたってことであってる？」

律はここに居るのに、どこか違う場所を見ているようだ。彼女をここに留めたくて訊いた。

「ええ、そうよ。アタシにはもう種は使えない」

律はちらりと沙保を見て、視線を逸らす。

律は律なのに、どこか表情が違うと感じた。

「あの、それって、どういうこと？」

自分専用のマグカップを持ち、椅子を引き寄せながらミナトが訊いた。

「まず、由利香のことから話しましょうか」

律が言う。

『彼女はここに過去を封印して捨てて行った、忌まわしい記憶から自由になって飛び立ったのよ。そして新しい人生を歩み始めたわ』

ヒサエさんは由利香のノートを読んだ人にこう言っていたそうだ。

「あ、死ななかったんだ」

ミナトが心の底からほっとしたような声で言う。

「そうなんだね」

ほっとすると同時に、その後の彼女がどんな人生を歩んでいるのか考えると怖くなった。あそこまで打ちのめされた由利香が過去を捨てたからといって、幸せな人生を生き直せるとは思えない。

昨日、自分は死ななかった。由利香も死ななかった。だからといって、自分を取り巻く世界は何も変わってはいない。由利香だって同じだったはずだ。

あの時、ミナトに発見されるのがもっと遅ければ、自分は死んでいただろう。生きていることに感謝しながら、恨む気持ちがかすかに燻《くすぶ》っている。埋《うず》み火《び》のようだと思った。

それは不安だ。

この洋館から一歩外に出れば、また苦しいことばかりの日常が始まる。

考えると、身体が重いもので押さえつけられて、どこまでも沈んでいくような気がした。

律が話を続ける。

『意図的に遁走《とんそう》状態を起こせばいい』というのがヒサエさんのアドバイスだったと聞いて、首を傾げた。

「遁走？」

正確には解離性遁走。辛い日常から逃げ出すため、人間は時に遁走という状態に陥ることがあるそうだ。

それまで暮らしていた生活域から離れ、見ず知らずの場所に辿り着いて生活している、いわゆる失踪状態だ。彼らは自分が誰で、どこから来たのか、何故そこにいるのか。それまでの記憶をすべて失っている。

その期間はまちまちだが、ある日、本来の自分が誰なのかを思い出し、元いた場所に帰っていくのだ。

その際、過去の記憶を取り戻すのと引き替えに、遁走期間のことは忘れてしまう。

数週間で元に戻ることもあれば、何年も何十年もそのままの人もいるらしい。

「そもそも由利香がここに来たのがそうだったってことだよね？」

ミナトの言葉に律が頷く。

彼女は流産した後、精神科病棟に入院していた。退院後、ここへ来た時には自分が誰か、何故ここにいるのか、すべて忘れてしまっていた。

「けれど、ここで暮らすうちに由利香はここへ来るまでの自分の記憶を取り戻した。それを克服しないと前へ進めないと思ったからよ。けれど、思い出した過去はあまりにも凄惨だった。

苦しむ由利香を見かねたヒサエさんが言ったの。もう一度、今度は自分の意思で記憶を封印するといいって」

だから由利香は結婚してからの日々と『待合室』での記憶を共に封印した。

「ここでのことも？」

「ええ。ここに来た理由も、ここでの日々も、彼女の辛い過去と不可分だったから」

確かに由利香は遁走の結果ここへ来たのだし、日々は過去の記憶を取り戻すために費やされた。楽しい記憶だけを残すことはできなかったのだろう。

「彼女が捨てたのは過去だけじゃないわ」

律が言う。

「後悔も懊悩《おうのう》も何もない。それはとても快適で、これまで縛っていたものすべてから解放された軽やかな人生だったたって話」

「え」

「彼女は一切の帰属、妻や母という立場も、性別さえも捨ててしまったのよ」

「それって、ちょっと何か……」

どうなのだろうと思う。

想像してみる。

過去を切り捨てて生き直すとしたら？

ここまで背負ってきた過去の苦い記憶に責め苛まれることはもうない。

過去のしがらみがなければ新たに得るものもあるだろう。

ただ、土台となるものをなくしてしまった上にいくら積み重ねても、空虚さは拭えないのではないかという気がした。まして、自分が生きている限り歪な化け物であることは変えられない。そこを捨てることはできないのだ。

「新たな人生を積み重ねて彼女はとてもうまくやったわ」

本当にそんなことができるのかと思った。

「でもね、常に追われることになったの。由利香は過去から呼ばれ続けた。モグラ叩きみたいな調子でね、ふとした拍子に立ち上がってくる過去の亡霊を彼女は力ずくで押さえ込んだのよ」

由利香にとって、と律は続ける。

「ここは殺した過去の自分を葬った墓場みたいな場所ですもの。だから絶対に近寄ってはいけなかった。何がきっかけで過去が飛び出してくるか分からないんだから」

まるで犯罪者のようではないかと思う。

封じた過去の上に積み重なっていく新しい日常とは恐ろしく不安定なものではないかと感じた。

そう言うと、律は頷く。

「由利香の記憶は待合室を求め続けた。彼女はどうしてももう一度ヒサエさんに会いたかったのよ」

不思議に思って訊く。

「由利香さんにとってヒサエさんってどんな位置づけだったんだろう」

「残念ながら過去を思い出すトリガーの一つなの。でも、恩人がいたことは覚えている。何をしててもずっとそのことが気にかかっていたのよ。誰かに言い尽くせない恩義がある。でも思い出してはいけない。それでも会いたい。だって恩返しは、相手が生きてる間じゃないとできないもの」

そうだったのかと思った。

「それで彼女はどうしたの？」

「初めての顔で訪ねて来たんですって。ヒサエさんも心得たもので、初対面を装ったの。二人はもう一度最初から出会ったのよ」

由利香は自らの墓所の上で、ヒサエさんと旧知の友のように笑い合って過ごした。

やがてヒサエさんが亡くなり、由利香はここを去った。

「うまく逃げ切れたつもりでいたのよ。最後まで記憶を封じたまま、ヒサエさんが残してくれた種を飲めば良かったんだもの。それで完璧な仕上げになるはずだったのよ」

「えっ」

ミナトと二人、同時に声を上げてしまった。

「最初に沙保嬢が来た時、ごく普通の可愛い女の子だと思ったわ。死にたいなんて言っちゃってるけど、どうせ失恋したとかそんなでしょ。おいしいごはんを食べて、楽しく暮らしていればＯＫ。半年もすれば傷も癒えるわ、楽勝楽勝、なんて軽く考えちゃったのよね」

律は笑い、何とも言えない顔で沙保を見る。

これまで一度だって見たことのない複雑な表情だと思った。

「ところがまったくそうじゃなかった。あなたを見てると、葬ったはずの由利香の亡霊が勢いを増してくるようだった」

元々、記憶の封じ目は緩んでいたのだと律が言う。

「だから半年が限界だと思っていた。記憶に追いつかれてしまう前に決着をつけないと。でも、沙保の問題は解決しそうにない。焦ったわ。半年経ってアタシは無事逃げ切ったとしても、果たしてこの子を一人で置いといて大丈夫なのかしらってね。そこへミナトが現れて、正直、助かったと思ったわ。後は二人で助け合っていけばいい。これでアタシは逃げ切れるって」

「律さん、あの……」

あなたが由利香だったのかと確かめる勇気がない。

由利香のその後の苦しみを知ってしまった以上、いつも軽やかで楽しげな律に負の部分があることを認めてしまうことになるからだ。

「でも、アナタは由利香のノートを読んでしまった。放っとこうかとも思ったわ。知らん顔してさっさと行っちゃおうかって。でもね、できなかったわ。あーヤダッ。なんてお人好しなのかしらアタシ」

あーあなんて言って、律は嘆くように天井を見上げる。

「だってねえ、きちんと伝えることを伝えないと、アナタは絶望したままになってしまうでしょ。そうはさせたくないと思うぐらいには情が移ってしまったみたいよ。厄介よねえ、人間って」

伊藤由利香というのはある時期の律の名だそうだ。

当時の夫や婚家の人たちは男か女か分からないという理由で律という名を嫌った。女らしく可愛いからという理由で、ある日由利香という名を与えられた律はその通称を強要されたのだ。

「ひどい」

「まあね。でも、だからこそ、後に由利香の記憶を分離して、別人格として生きていけたんでしょうけどね」

律は頬杖《ほおづえ》をついて、目だけ動かし宙を眺めている。

「うまくやれたと思ったんだけどねえ。あーあ、最後の最後で大失敗よ」

「こっちからすると一発逆転、大勝利」

ミナトの言葉に律が目を剝いた。

「笑い事じゃないわよぉ。パンドラの箱を開けちゃったようなものじゃない。後悔だとか恨みだとか、今まで見て見ぬふりをしてきた負の感情とか、おどろおどろしいものが一斉に飛び出してきちゃったのよ。悪酔いするわ」

パンドラの箱はあのからくり箱に隠されたスノードームだ。由利香はヒサエさんの勧めで自らの存在を封じるためにスノードームを使った。

夢うつつに沙保が聞いたガラスの破壊音は律がスノードームを床に落とし割った音だったのだ。

「今、あなたの中には由利香がいるの？」

思わず訊くと、律は頷いた。

「ええ、そうね。ずっと開いていた穴に収まったような感じかしら。何だかずっしり重いわ。体重が三十キロぐらい増えた気分なのよ」

　スノードームの世界が壊れた瞬間、記憶がぶわーっと湧き上がり、懐かしく切なく苦しくて、由利香が哀れで、悲しくて、そして大切だと思ったと律が言う。

「ついでに後悔や怒りなんてものが山ほど」

「あー、それじゃ種は飲めないですね」

　ミナトの言葉に律は目を見開いた。

「そうなのよ。今更苦しい思いをして死ぬのも嫌だし、この先、何年続くのかも分からない刑期を真面目に勤め上げるしかなくなっちゃったわ。もーホントに何なのこの結末」

　ははっとミナトが笑う。

「有期刑でしょ？　いつかは終わりますって」

　ぽんぽんと交わされる二人の軽口を沙保はどこか実感が伴わないまま聞いていた。

「私のために？　ううん、私のせいで死ぬのを止めてしまったの？」

　律は「やーね違うわよ」と笑い飛ばす。

「まあ、それも少しはあるけどね、それより何よりアタシは怒ってるの。まったく腹が立つったらありゃしない。どうなってんのよ世の中」

　だって考えてもみなさいよと律は言った。

「変わり者の由利香が寄って集って普通の人間に作り替えられたのは三十年以上前の話よ。アタシはね、世の中はどんどん良い方へ変わってるんだと思ってたの。なのに、いまだにこれなの？　沙保嬢はまだ二十三歳でしょ？　アナタがこんなことで苦しんでるなんて信じられない。変わったように見えてもそう簡単には世の中は変わらないんだって絶望しそう」

「あー確かに」

ミナトが頷く。

「結局、待ってちゃだめなのよね。誰かが変えてくれるだろうって、誰かって誰なのって話。自分で何とかしないとどうにもならない。アタシなんて何の力もない一般人だけど、力のないひょろひょろした人間でも、一人一人が世の中を変えようと自覚しない限りは何も変わらないのよ、きっと」

「律さんがひょろひょろした人間だったら、他は線虫レベルだと思いますが」

自分の言葉が面白かったらしく、ミナトが一人で笑い続けている。


縁側に腰かけて、律の話を聞く。

由利香のその後だ。

手つかずだった両親の遺産を使い、アメリカに渡り、英語と税務について学んだ律は帰国して、日本の税理士資格を取得し、がむしゃらに頑張った。

気が遠くなりそうな努力だ。

自分にはとても無理だと思った。

そんなことを言うと、律は「ねばの呪いね」と呟く。

「ねば？」

「あー納豆的な」

ミナトの言葉を違うわよと切り捨てて、律は続けた。

「女は大人しく控えめで従順であらねばならない、弁えねばならない、結婚せねばならない、子供を産まねばならない、アナタはそう思わされてきたんでしょう？」

その通りだ。

「でもね、人間が生きていくのに、ねばなんてものはないのよ。必要ならその時々に自分で選び取ればいいだけ。こんなのどれも選択肢の一つに過ぎないわ」

「でも……」

正直なところ、戸惑っている。

これから先、どうやって生きていけばいいのか分からなかった。

律の言う「ねば」の羅列は沙保を縛ってきた戒めだ。

自分はいくつもの戒めによって形作られていたのだという気がする。

自分を縛るものを取り去ると、丸裸にされてしまったかのようだ。頼りなく、恥ずかしく、しゃがみ込んでしまいそうになる。

「私は律さんと違って仕事もできないし、どれだけ頑張っても、そんな風にはなれない」

きっと律は選ばれた人間なのだと思った。

「アタシも昔は同じことを思ってたわ」

律の言葉を意外だと感じる。

「だから、弱気になって、ねばの呪いに身を任せてしまったとも言えるわね。で、流されるまま結婚して、まんまと由利香にされてしまった」

「信じられないよ、あなたがそんな」

思わず言ったが、由利香の通った道を考えれば確かにそうなのだ。

「沙保嬢。かつての由利香から伝言よ。アナタはね、自分で限界を決めてしまってるの。こんなこと自分にできるわけがない、自分には能力がないから無理だってね」

その通りだった。

「いいこと？　人間はね、限界を決めてしまうとそこで終わるの。それ以上には行けなくなってしまう。自分で自分に呪いをかけてしまうようなものよ」

その瞬間、脳裏に浮かんだのはかつて見た空の青さだった。

沙保を残して空の彼方《かなた》に飛び去っていく老画家を乗せた飛行機の機影と延びていく白い雲だ。

「アナタはまだ二十三歳でしょ。その気になれば何にだってなれるわ。羨ましいこと。ミナトもね」

「あなただって」とミナトに言われ、律は鼻の頭を掻いた。

「アラ、嬉しいこと言ってくれるじゃない。だけど、ここには間違いなく限界があるのよ。たとえば、今からアタシが医学部に入ったとしても一線に立つ頃には七十でしょ？　自分がお世話になりかねないわ。消防士なんかは目指そうにも年齢制限があるし」

「え、律さん消防士になりたかったんですか？」

まあね、などと二人が笑っている。

本当にそんなことが出来るのだろうか。

律の言葉を信じたくて、でも自信がなくて、心の奥底から漏れ出した不安に煽られる気がした。

「でも、でもね、律さん。私は歪な人間なの。人間ですらないのかも知れないよ。化け物だ」

「アナタが歪んでるんじゃないわ。歪められただけよ」

物心ついてから抱いた疑問の数々がざっと音を立てて過ぎていく。

「とかくこの世は雑音が多いのよ。その雑音に囚われないで。本当は何をしたかったのか、本当の自分はどんなだったのか、取り戻せるのはあなただけだわ」

魔法のような言葉だと思った。

年末の掃除ついでに律の居室を二階に移すことになった。

縁側のある部屋をリビングとして開放するためだ。

古いドレッサーを運ぶため、律が中身を取り出している。

高価な化粧品類が並ぶ。

「律さんは誰のためにメイクをするの？」

訊いてみた。

納戸の奥にお菓子の空き缶があり写真が沢山入っていた。その中に由利香がここに滞在していた時の写真が残っていたのが発見されたのだ。

由利香は入院していた病院を出た時、偶然手に取った古本の奥付に書かれたメモを頼りにここへ来た。それからいくらも経っていない時期の写真だそうだ。

現在の律の面影を宿しながらも、その時の彼女はまったく化粧をしていなかった。

「ヒサエさんに言われたのよ」

ヒサエさんの映る写真が何百枚もあった。

長身で恰幅《かっぷく》のいい短髪男性の顔面にあでやかなメイクが施されている。

「メイクは武装なのよぉアンタ、ってね」

律はヒサエさんの声色を真似るうちに今の喋り方になったらしい。

『美醜で人を判断するなんてホント馬鹿げたことよぉ。でもさアンタ、考えてもみなさいな。何か知らないけど世の中に楯突《たてつ》くようなことを言うとするじゃない？　そしたらね、必ずブスの僻みだとか、黙ってろブスとか言うアホな輩《やから》がいるの。もちろん言いたいヤツには言わせとけばいいようなもんだけど腹立つじゃない。だから武装するのよ。綺麗でいたら少なくともブスって蔑称は使えなくなるでしょ？　連中の貧しいボキャブラリーを封じて黙らせてやんのよ』とヒサエさんは言っていたそうだ。

「あーでもまあ、考えればヒサエさんのこんな名言を思い出せたのは収穫よね。危うくアタシと一緒に葬り去ってしまうとこだったわ」

ハアー、危なかったなんて額の汗を拭う真似をして律は続ける。

「もちろん全員が全員、世の中に反旗を翻さなきゃならないってことはないわよ。でもね、ヒサエさんは由利香に自信を持たせたかったんじゃないかとも思うわ」

律は鏡を覗き込み、自分の顔を左右代わるがわる映して見ている。

「メイクをしようと思ったら自分の顔と向き合わざるを得ないでしょ？　自分って存在を肯定

して、自信をつけたら強くなれるよって言われたなあ」

そう言われても、やっぱり沙保はまだ自分の顔を積極的に見たいとは思えなかった。

「別に誰もが同じようにしなきゃいけないってことじゃないわよ。アナタはアナタだもの」

そう言ってこちらを向く。

これまでも表情豊かな人だと思っていたが、瞳の奥にある色がこれまでと比べものにならないぐらい鮮やかだと感じた。

「どんな顔だろうがどんな生き方だろうがガマの穂だろうが、誰もが雑音なんて気にせずに自然体で風に揺れていられるといいわよね」

律はそう言って、海の色のボンボニエールを愛おしげに撫でていた。

結局、ミナトもここに残ることにしたらしい。

「空気なんだよね」

縁側の窓を拭きながら唐突《とうとつ》にミナトが言った。

「はあ、空気?」

「別にさ、相手を大切に思うのに、結婚してなきゃ、恋人じゃなきゃとか、血縁者じゃないとダメってこともないんじゃないかな」

ミナトは沙保の描いたエッセイ漫画を読んでいた。

大きな背中を丸め、バケツに汲んだ湯で雑巾《ぞうきん》をすすぎながら彼は続ける。

「一緒にいて居心地がいいってのはお互いに出してる空気が心地いいってことだし、そんな人間が集まって地球最後の日を迎えるのも悪くないっしょ」

「え。でも、ミナトは恋人ができたら出て行くでしょ？」

本当はそうなったら、自分たちのことを気にせずに自由にしてくれればいいよと言いたいのだけど、やっぱり自分にはまだそんなことをうまく伝えるのは難しい。

「ま、そんなこともあるかも知れないし、ないかも知れない」

磨いた窓のガラスが太陽の光を受けて煌めいている。吹き込んでくる風に頬が冷たくなっていく。

大掃除を抜け、夕食の支度をしていた律が顔を覗かせた。

「もうすぐごはんできるわよ。今夜は世界を巡る寄せ鍋よ」

「はーい、って、え？　待って。何それ」

だしのいい匂いが近付いてくる。

「結婚とか恋人とかさ、小さな社会を作るってことなんじゃないかなって思うんだよね。ならここも小さな社会だし。悪くないなって」

カセットコンロの上で土鍋から白い湯気が立つ。

ぐつぐつと煮える鍋を囲み、小さな社会の一員でいられることに感謝した。


三月が近付いている。一日ごとに日脚が延びていく。

空の青も雲もさざ波も光を孕《はら》み、きらきらと輝いて見えた。

律は相変わらず律だが、ちょっと人間臭くなってきたような気がする。

過去の封印が解けてしまった弊害《へいがい》だろうか。時々何か思い出してはアーと頓狂《とんきょう》な声で叫んでいる。

そんな時の彼女は「悪霊退散っ」と言いながら周囲の空気をかき混ぜていた。

もちろん、そんな愉快な解決策ではどうにもならなくて、ひどく落ちこんでいたり、悔しそうな表情を浮かべていることもある。

律はそんな姿も隠さなかった。

「アンタたちの前で今更カッコつけたってしょうがないじゃない」ということらしい。

陽気な性格は変わらないが、何もないところをぼんやり見ている時など、深い悲しみを感じさせることもある。

それでも、律は続編のある映画も観るようになり、「推し《お》」も持つようになった。

この世への未練が過去の記憶を追い払っていくのかも知れない。

沙保はまだ自分が何になりたいのか、どうしたいのか分からずにいる。

狭い視野に囚われ続けていたから、目を上げて見る世界の広さに圧倒されている。

自分はきっと人間初心者なのだ。

それでも過去の二十三年間をなかったことにはできないし、してはいけないのだと思う。

苦しかった、辛かった、悲しかった。

その時々に心に浮かんだ感情や、身体の奥深くで蠢く物の醜悪さも含め、すべてが今の自分を形作っているのだ。

踏まれてへしゃげたかけらを拾い、繋ぎ合わせて、本当の自分を取り戻していくのだと思った。

◆

六月、三人で小笠原《おがさわら》の海に来ている。

ヒサエさんの遺志を叶えるためだ。

海の色のボンボニエールには遺骨の一部が入っていた。それを細かく砕《くだ》いた白い粉を律が手にしている。

律は自分の遺骨と一緒に散骨する手配をしていたが、予定が変わったのでヒサエさんの分を先に撒《ま》くことにしたのだ。

「よかったんですか？　律さんと一緒の方がよかったんじゃ」

その時まで置いておくという選択肢もあるのではないかというミナトの言葉を律は派手に笑い飛ばした。構わないと言うのだ。

「どうせ海に落ちた瞬間、いえ、風に乗った瞬間に解散よ。第一、アタシたちはそんなベタベタした関係じゃないもの。通りすがりに気が合って少し時間を共にしただけの友人。アタシたちは旅人なの。ヒサエさんも旅人だったのよ。病床で、骨になって早く航海に出たいってずっと言ってたもの」

大阪湾は内海なので、何だか狭苦しい感じがして嫌だ。外洋に繋がる、深い、深い海に撒いて欲しいというのがヒサエさんの遺言だったそうだ。

小笠原の陽光は眩しく、海は青くどこまでも深い。

かつてあの幻想のスノードームを満たしたバタフライピーのゼリーと同じ色だ。群青、瑠璃、藍。深く深く沈んだ先は音のない闇。

沙保もミナトも、そして律もまたいずれ生を終えた時には同じ海に散骨して欲しいと希望している。

といっても、先のことは分からない。もしかすると誰かに新しい家族ができて、どこかのお墓に入ることだってあり得る。それでも残った者が必ず、一部でもいいから散骨しようと話している。

いつか深海で眠る。

ふと目覚め、黒い水底から水の色を逆に辿って光ある方へと浮かび、漂う。陽光が波に刻まれ、たぷたぷと揺れるだろう。

水はあたたかく、途方もない安らぎをもたらすのだ。

通りすがりに気が合って少し時間を共にしただけの友人——。自分たちの関係を説明するのにこれほどぴったりした言葉はなかった。

ただ思い合い、支え合う。

この先の道は分かれているのかも知れない。

それでもいつの日か、大海原のどこかで再会した時に、自分は精一杯頑張ったのだと互いを誇れるよう、自分らしいやり方を探して生き抜いていくのだ。

沙保は今、これまで描いたイラストに色を加え、台詞や文字を入れる作業に勤《いそ》しんでいる。

スノードームの中に沈む、元喫茶店の洋館。そこで暮らす、ブリキの木こりとライオンと案山子。それぞれ何かが足りない三人の物語だ。

短い文章を添えてエッセイ漫画として公開すると、思ってもみなかった反響があった。

不器用なブリキの木こり、カミングアウトの勇気を持てないライオンの弱さに共感する声、派手で陽気な案山子のファンも多い。

シェルターであるスノードームの存在を支持し、羨む人たちの存在が沙保を励ます。

もちろん好意的なものばかりではなかった。以前ならばきっと怖くなってすぐに公開をやめてしまっただろう。けれど、今はそんな怖さより、自分の大切な空間と仲間たちを知って欲しい気持ちが勝っている。

エッセイ漫画にはブリキの木こりとライオン、すなわち沙保とミナトが死に場所を求めてここへ来たことが描いてある。

案山子によって救われたこと、この洋館が優しいシェルターであること。そして、二人が社会から弾き出された、あるいは社会から逃げだして来た理由もきちんと描いてある。

そして案山子が背負ってきた残酷な過去。

もちろん名前は出さないが、祐貴や沙保の母、ミナトの実家がどんな存在であるかも描いた。

この小さな社会で暮らす時間は人生のほんのわずかな一時期かも知れない。いつまで続くかも分からない。

だから三人が過ごす時間をイラストに閉じ込めるのだと思った。

こんな場所があるなら自分も行きたいというのは、様々な生きづらさを抱えた人たちだ。沙保やミナトのように、どうにか名前がついていてカテゴリー分けできる悩みもあれば、そこに収まりきらない境遇に悩む人もいる。理由なんて分からないまま、ただ苦しんでいる人だっているだろう。

かつてレコードのメモや古本の奥付にそっと記された、見も知らぬ誰かへ宛てたメッセージに代えて、誰かに届くよう筆を執るのだ。

間もなく『喫茶待合室』の扉が開く。

店主は律、沙保もミナトも仕事が休みの日は手伝うつもりだ。

人間初心者の自分に何ができるとも思えない。

それでも生き方に迷い、生きづらさを抱え、ここへ流れ着いてくる人に、おいしいコーヒーと空気のいい居場所を提供したいと考えている。

ブリキの木こりたちが暮らすスノードームは大海原を漂いながら、真っ暗な海の中で小さな、しかしあたたかい光を放っているのだ。

薔薇、あじさい、ダリア、百合。華やかな六月の花々。

船上からありったけの花を投げ入れて、ヒサエさんを見送った。

紺碧《こんぺき》の海。遥か彼方に水平線が見える。

赤、紫、蘇芳、薄い青、オレンジ、白。

波間にたゆたう鮮やかな色彩がゆっくりと遠ざかっていくのを、いつまでも三人で見送っていた。

装画　ＭＩＫＥＭＯＲＩ
装幀　西村弘美

この作品は書き下ろしです。

この作品はフィクションです。実在する人物、団体等とは一切関係ありません。

安田依央

1966年、大阪府生まれ。関西大学法学部政治学科卒。司法書士。2010年に『百狐狸斉放』で第23回小説すばる新人賞を受賞し、2011年に単行本『たぶらかし』として刊行。他の著作に『ひと喰い介護』、「四号警備」シリーズ（集英社）、「出張料亭おりおり堂」シリーズ（中央公論新社）などがある。

深海《しんかい》のスノードーム

2024年9月25日　初版発行

著　者　安田《やすだ》　依央《いお》

発行者　安部　順一

発行所　中央公論新社
〒100-8152　東京都千代田区大手町1-7-1
電話　販売 03-5299-1730　編集 03-5299-1740
URL https://www.chuko.co.jp/

DTP　平面惑星
印　刷　大日本印刷
製　本　小泉製本

Printed in Japan　ISBN978-4-12-005828-8 C0093

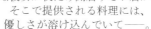

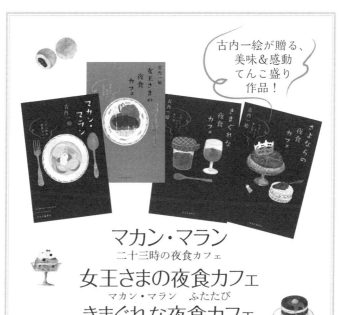